谨以此书
献给为解放平潭浴血奋战的英烈们

缅怀父亲张纬荣

铁骨铸忠魂
肝胆写春秋
拼将一腔血
化作杜鹃红

庚子冬月廿八
炎林

儿女庄林
方林

剑胆琴心

——张绵荣传

◎ 冯秉瑞 著

海峡出版发行集团
THE STRAITS PUBLISHING & DISTRIBUTING GROUP
海峡文艺出版社

图书在版编目(CIP)数据

剑胆琴心:张纬荣传/冯秉瑞著. —福州:海峡文艺出版社,2021.3(2021.9重印)
ISBN 978-7-5550-2582-5

Ⅰ.①剑… Ⅱ.①冯… Ⅲ.①长篇小说—中国—当代 Ⅳ.①I247.5

中国版本图书馆 CIP 数据核字(2021)第 042031 号

剑胆琴心
　　——张纬荣传

冯秉瑞　著

责任编辑　林鼎华
出版发行　海峡文艺出版社
经　　销　福建新华发行(集团)有限责任公司
社　　址　福州市东水路 76 号 14 层　　　邮编　350001
发 行 部　0591—87536797
印　　刷　福州万达印刷有限公司　　　　　邮编　350008
厂　　址　福州市闽侯县荆溪镇徐家村 166—1 号厂房第三层
开　　本　787 毫米×1092 毫米　1/16
字　　数　190 千字
印　　张　13　　　　　　　　　　　　插页　8
版　　次　2021 年 3 月第 1 版
印　　次　2021 年 9 月第 2 次印刷
书　　号　ISBN 978-7-5550-2582-5
定　　价　60.00 元

张纬荣（1923.9.14—1978.11.7）

张纬荣青年像

张纬荣像（1964 年）

何友芬青年像

何友芬像（1951年在部队）

张纬荣、何友芬结婚照（1952年8月）

张纬荣何友芬伉俪在福州文化宫前留影（1961年）

张纬荣（右一）和大弟张锡九（左一）、二妹张素君（中）合影

二弟张纬敏首次回闽探亲时同部分亲属合影（1957年）
前排左起：张光林、何友芬、张庄林、张母、张方林、张纬荣
后排左起：三弟张锡良、二弟张纬敏、三妹张惠琼、外甥林允宁（大妹张玄宋次子）

平潭县委同事欢送张纬荣（前排左二）上调闽侯专署合影（1952年）

张纬荣（前排右二）和闽侯专署办公室同事合影

1964年阖家团圆留影
前排左起：次子张光林、女儿张方林、长子张庄林

1971年阖家团圆留影
后排左起：次子张光林、长子张庄林、女儿张方林

2002 年全家福

庆祝何友芬八十八岁米寿全家合影（2018 年）

2019 年，何友芬获"庆祝中华人民共和国成立 70 周年纪念章"

张方林和福建省政协原主席游德馨（左）一起参加"纪念平潭游击队解放平潭
七十周年"活动时合影

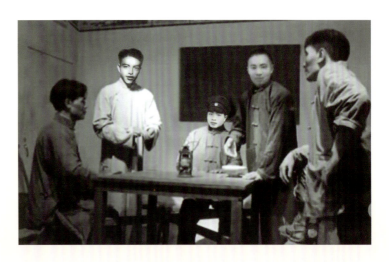

1944年间，海坛革命先躯曾焕乾（中）、周裕藩（左二）和他们的战友周述銮（左一）、林正纪（右一）、周季黑在一起

平潭革命史研究会会长张方林在"纪念平潭人民游击支队解放平潭70周年"大会上讲话

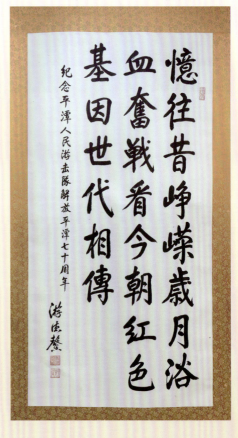

憶往昔峥嶸歲月浴血奮戰看今朝紅色基因世代相傳

纪念平潭人民游击队解放平潭七十周年

游德馨

福建省政协原主席游德馨题词

序

陈章汉

中国第90个建军节，笔者应邀为大型纪念册《邮票上的人民军队》撰写前言，一开篇即涉笔这个剑胆琴心："剑和琴，刚柔相济。剑以其坚韧犀利，而所向披靡；琴以其柔婉蕴藉，而穿透灵魂。于是有剑胆琴心，于是有玉振金声。"

当我应邀为作家老友冯秉瑞的新书《剑胆琴心——张纬荣传》作序时，自然会从熟识的标题里联想到：剑与琴，天地玄黄留给这世界如此可人的一对儿，外在的二律背反，个中的三昧相生，会是何等的幽奥与迷离，心想冯老写了一大摞的大部头，这一部恐怕不好拿捏。

本书传主张纬荣是一位才华横溢的海坛骄子。从天覆地载的石牌洋巨岩，可领略其英风雄武的锐气；从薪火相传的抗倭藤牌操，可感知其水来土掩的勇毅。他的生命底色正是刚柔相济。少年时代的他就敢于"发声": 16岁休学在家,即发起组织"平潭五四青年会",任学术股长,出版《岚声》刊物,成立演出队,宣传抗日救亡。23岁考入福建学院,即参与组织"平潭旅外同学奔涛学术研究会"的活动,同年加入中国共产党。次年初回老家参加平潭进步青年组织"星期会会"活动,创办《海声报》,抨击时政。接下来更是以天下为己任,参加领导福州学生抗击反动军警无理殴打、抓捕省立福州中学学生的"抗暴"斗争,迫使省政府答应学生的全部要求,得到闽浙赣区党委城工部领导的赞许。

道是祸福相依,这份赞赏让传主付出沉重的人生代价。福长平工委在福清东张灵石山上成立,纬荣被任命为工委委员兼学委书记。迎面而来的是国民党的福州大搜捕,他只好潜往台湾为我党筹集经费。撤回大陆后,他调入福州市委机关,负责联络福清、平潭两县城工部系统党的工作。没承想因"城工部事件",他与市委领导失去联系。1948年7月,改属五县中心县委领导,被任命为平潭县委书记兼平潭游击队政委。1949年5月,根据闽中支队司令部的命令,他带领他的战友精密策划了一场消灭平潭国民党反动武装的攻城战斗,虽因自己潜入检查内线策应准备清况不幸被捕,但他教导出来的平潭人民游击支队还是一举解放了平潭县,创造了闽浙赣游击斗争史上的奇迹。

中华人民共和国成立后,纬荣任平潭县委政策研究员,竟能顺

2

势有为，从沙场转战案头，从民权转务民生，很快进入新的角色。1951年即经过深入调查研究，为县委起草了《为废除海上封建剥削制度，发展渔业生产而奋斗》的报告，被《人民日报》摘要登载，成为全国渔区土改的指导性文件。第二年调任闽侯专署行政干校教员，不久改任闽侯专署办公室秘书。1956年"城工部"冤案平反，让纬荣如释重负。老革命的剑胆，被一份琴心裹挟着，臻于刚柔并济。在调任福建省委文教部办公室秘书之后，他愉快地走上高校历史专业的研究和领导岗位。遗憾的是，闽侯专署办公室副主任的担子没挑上几年，竟又碰上史无前例的"十年浩劫"。纬荣躲不过被批斗、隔离审查和下放的冲击，直至1972年落实老干部政策，才又柳暗花明，到闽清电瓷厂担任厂长兼党委副书记。正当雄风犹健、琴心郁勃的壮岁之龄，天却不假年，方才55岁的张纬荣竟至于一病不起。

但在作家冯君的心目中，这位纬荣乡贤的精神纬度，难得有几人够此摸高。在作者熟识的章回体铺叙中，单其节烈阳刚的一面，就从"抗日救亡 初露锋芒""福州抗暴 脱颖而出""潜入台湾 为党筹款""临危受命 决一死战""要留清白 视死如归"等篇章里，表现这位乡党英雄赴汤蹈火的勇决与顶天立地的雄风。而其以柔克刚的一面，笔触所至，尽是人生的至性和五内的衷情。喏，"顾全大局 委曲求全""奋力支前 二度解放""节义慷慨 以死抗争""熹微澄澈 正本清源""渔区调研 高瞻远瞩""患难之恋 终成正果"，以及"聚少离多 爱深情笃"等等。虽然作者年纪比传主几乎小一轮，但职业不同，经历有别。曾经的对台办工作，让他对不同人等多了一份用心的甄别与理解；长期的写作生涯，则让他对乡土气息的涵泳和时代风云的冲击，有着一种深度把握与描摹的机智。晚岁尤以恪守文气为意，执着于为创造世界、打造生活的前辈人物树碑立传。他写过诸如《美人计》《连环计》《反间计》之类的长篇历史小说，退休之后更注目于晚近的英雄人物，包括《曾焕乾传》《翁绳金传》《吴秉瑜传》《林中长传》等等。而在传主姓名前头，几无例外地加了个五字定语："丹心照汗青""峥嵘岁月稠""他在丛中笑""清气满乾坤"之类，使之配套成叙写人物春秋的一个系列，而雄风荡荡、文气盎然，让年轻作家不敢望其项背。

本书在传主名字前头，端端加上"剑胆琴心"四字。这个变化让我意识到，作者将执意于别开生面：让胆和略区别，剑与琴合璧，让献身中华人民共和国的卓绝，与服务老百姓的精诚，对应并统一起来，使作品于端凝中见豪迈，雄放中融婉约。尤其写到夫妻俩聚少离多，感受到了别一种无以名状的剑胆琴心。其间难免有误会，有犹疑，有矛盾，有怔忡，却能通幽处诉真情，那琴心的抵达，每有一种无以述说的悠长。资深作家的老套路竟至于花样翻新、机杼别出，让笔者对骎骎而至的晚年创作，多少恢复了点信心。

有缘参与我省优秀文学奖及报告文学提名奖的评议活动，竟与冯老的作品《峥嵘岁月稠——翁绳金传》撞了个满怀，让我喜获双重鉴赏的冲动：一来自传主，一来自作者。前者的剑胆琴心，折射于后者身上，也是满目锦绣。冯老较笔者年长不只一轮，竟有如此激情与真诚，缅怀先烈，崇尚英雄，传承红色基因，以至忘却自己的年龄。

笔者也曾尝试过长篇纪实文学创作，行文所涉的上百位各色人等，都是我当年以专业作家身份下基层一个个采访过的，有的甚至是蹭蹬年代一起摸爬滚打过的。作品研讨会开到人民大会堂去，项南老书记还到会为书写的真实性作专门讲话。而让我佩服的是，冯老与传主们未必同个时代、同一战壕，甚至交臂而过，形同参商，却如何能那样地了解人物的行止与情怀，透视他们的幽怨与柔肠，甚而至于屈曲、沉浮、苦闷与折磨。尤其笔下这位张纬荣，竟能在"胆"的经度和"心"的纬度上，旁征博引，纵横捭阖，完成了一个"大写之人"、同时又是"立体之人"的文学叙写。不能不借一步说：姜，还是老的辣！

是为序。

2020 年 6 月 16 日于福建省文史研究馆

（陈章汉，福建省文史研究馆馆员，福建省作家协会顾问，福建省耕读书院院长，编审）

目　录

第一回 抗日救亡 初露锋芒

　　地处祖国东海之滨的宝岛平潭，如今是举世瞩目的国际旅游岛，那得天独厚的旖旎自然风光，你说她有多美就有多美。但在 80 年前的日本侵华战争中，却频遭日伪军的侵犯蹂躏，哀鸿遍野，满目疮痍，饿殍盈路，惨不忍睹，曾"六次沦陷，六次光复"，成为全国艰苦卓绝抗战的典型地区。然而，在惊涛骇浪中生活的海岛人，天生骨头硬，刚强、剽悍、勇武，他们不畏艰险，不怕牺牲，敢于起来抗击穷凶极恶的日伪军。

　　1939 年 8 月底的一个风雨凄凄夜晚，平潭还处于白色恐怖的第一次沦陷期，城关就有一批热血青年聚集在岚华初中的后山草楼里秘密举行会议，筹备成立"平潭五四青年会"，发动广大青年，行动起来"抗日救亡"。

　　发起人是一位白皙清癯、温文尔雅、文质彬彬的 16 岁青年学生。不过，他此时为了抗日救亡，已经休学了。

　　这位已经休学的 16 岁青年学生就是张纬荣。

　　张纬荣于 1923 年 9 月 14 日（癸亥年八月初四日）诞生在平潭

县潭城镇的一个书香门第里。父亲张经本,是一位饱读经书的文人。张纬荣家学渊源,又自幼好学,天资聪明,未入学就会读古诗,看小说,是一位罕见的早慧小神童。

1933年9月,张纬荣10岁时,进潭城中心小学,插班读三年级。新领的三年级语文课本,老师还没有教,他就一鼓气通读完了。

从1933年9月至1937年7月在潭城中心小学读书期间,张纬荣不但学习勤奋,成绩优秀,而且循规蹈矩,彬彬有礼,很得该校校长刘伯华的青睐。

刘伯华,原名刘文田,1914年4月15日生,四川省彭山县人,四川东方美术专科学校毕业。毕业后回彭山县任小学教员,常在《介田田画刊》上发表抗日题材的漫画。1935年,他任教于重庆四维小学。在此期间,他受马列主义书籍熏陶,被入川红军的英雄行为感染,对日本侵略者无比愤怒,便决定投笔从戎。不久,国民政府军事委员会别动总队招生,他怀着报国热忱,前去报考。考取后受训,才知道别动总队无意抗日救国,而是着力研究如何"剿共",乃愤然离队。为此受到国民政府军事委员会的通缉,遂改名刘伯华躲回彭山。1936年冬,应重庆四维小学同事、时任平潭县教育科长的来文华之邀,离开新婚之家,千里迢迢来到东海之滨平潭岛,就任潭城中心小学教导主任,不久改任校长。他为了唤起民众觉醒,将爱国主义与抗日救亡的教育渗透到课堂活动中去。他是著名的爱国抗日志士,是平潭县传播马列主义和介绍中国共产党的较早几个人之一。

刘伯华校长认为,张纬荣素质好,是一块可造就的优良材料,将来必成大器,便对他进行重点培养,谆谆教诲他要"常怀报国心,永立救民志"。张纬荣把这个教诲深深地埋在心田里,融化在血液中,成为他人生的宗旨和抱负。

刘伯华对张纬荣的学习要求特别严格，为了锻炼张纬荣的独立思考能力，刘伯华经常拿一些难题考问他。而他也都能对答如流，没有出现过答不出来的时候。有一次，刘伯华在课堂上教授社会发展史，强调指出"人类社会最终都要进入共产主义"。讲到这里，他突然停下来问班上同学："同学们，你们知道这是为什么吗？"见许多同学都摇摇头表示懵懂，刘伯华便指名问："张纬荣同学，你知道吗？"张纬荣站起来说："我知道。"刘伯华笑着说："那你就对大家说说吧。"张纬荣不慌不忙地答道："这是因为生产力是人类社会发展的动力。生产关系和生产力两者必须相适应。随着生产力的发展，生产关系就必须跟着改变。因此，随着生产力的高度发展，人类社会最终都要进入共产主义。"刘伯华听了满意地点点头后又说："请你举个例子来说明生产关系和生产力两者必须相适应吧。"张纬荣立马答道："生产力好比正在成长的小孩，生产关系就像小孩的衣服。随着小孩长高长胖了，那原来的衣服就必须更换。"张纬荣一说完，课堂上就响起噼里啪啦的掌声。

1937年7月，张纬荣念完小学六年课程，高小毕业了。同年9月考入平潭岚华初中。聪明而又勤奋的他，成绩优秀，出类拔萃，成为岚华初中一名品学兼优的高才生。但是，面对日寇入侵，国家危亡，平潭沦陷，读了两年初中的张纬荣，再也无法专心致志地待在学校里读下去了。为了全身心地投入"抗日救亡"运动，张纬荣毅然选择休学，以酬他那早已树立的"报国救民"之雄心壮志……

这日夜晚，应张纬荣之邀，冒雨秘密前来参加筹备会议的，有陈书琴、郑熙森、陈远义、杨建福、魏贤尧、林天杰、陈志洁、卢志光等8位平潭城关失学在家的进步青年。

作为发起人，张纬荣主持当夜的秘密筹备会议并首先讲话。在讲话之前，他指挥大家合唱一首题为《松花江上》的歌曲：

　　　　我的家在东北松花江上
　　　　那里有森林煤矿
　　　　还有那满山遍野的大豆高粱

　　　　我的家在东北松花江上
　　　　那里有我的同胞
　　　　还有那衰老的爹娘

　　　　九一八　　九一八
　　　　从那个悲惨的时候

　　　　脱离了我的家乡
　　　　抛弃了那无尽的宝藏
　　　　流浪　　流浪
　　　　整日价在关内流浪

　　　　哪年哪月才能够
　　　　回到我那可爱的故乡

　　　　哪年哪月才能够
　　　　收回我那无尽的宝藏

爹娘啊　爹娘啊

什么时候才能欢聚在一堂

歌罢张纬荣说："这首《松花江上》的歌词通俗直白，旋律似哭似吼、似怨似怒，表达了东北同胞在日军铁蹄下悲、恨、怨、痛的心声，每一个听到这首歌的中国人，悲怆的情感、惨痛的心情就会涌上心头。这悲怨低沉的歌声，不仅唤起了东北官兵的亡国之恨，更唤起了全国民众的抗日救国之情。我们今后要在平潭城乡中教群众唱这首歌。"

接着，张纬荣对大家细说他发起成立"平潭五四青年会"的理由。他说道：

"两年前的 1937 年 7 月 7 日夜，日本军队借口一个名叫志村菊次郎的士兵，在北平西南卢沟桥附近演习时'失踪'，要求进入由中国军队驻防的宛平县城搜查，遭到中国军队的严词拒绝。日军一面部署战斗，一面假意与中国方面交涉。中国方面为了防止事态扩大，经与日方商议，同意协同派员前往卢沟桥调查。事实上，所谓的'失踪'士兵志村菊次郎这时已经归队，但日军故意隐而不报，有意让事态升级。第二天早晨 5 点左右，日军突然向中国守军射击，接着又炮轰宛平城。中国第 29 军司令部立即命令前线官兵：'确保卢沟桥和宛平城'，'卢沟桥即尔等之坟墓，应与桥共存亡，不得后退！'守卫卢沟桥和宛平城的第 219 团第 3 营，在团长吉星文和营长金振中的指挥下奋起抗击。这就是震惊中外的'七七事变'，又称'卢沟桥事变'。卢沟桥事变标志着日本蓄谋已久的全面侵华战争的爆发，也揭开了中华民族全面抗日战争的序幕。

"卢沟桥事变发生后，中国共产党中央委员会于 7 月 8 日第一时间发出全国通电，呼吁：'同胞们，平津危急！华北危急！中华民族危急！只有全民族实行抗战，才是我们的出路！'提出了'不让日本占领中国！''为保卫国土流血！'的口号，并且竭诚倡议国共两党合作抗日。7月17日，蒋介石也发表了关于解决卢沟桥事变的谈话，表示赞同中国共产党的倡议。于是，国共两党形成了合作抗日的良好局面。

"两年来，由于国共两党携手合作，全国抗日战争取得了很大成绩，打了许多大胜仗，给入侵日军以沉重打击。然而，当前抗日战争形势还非常严峻。无恶不作的日本鬼子大肆入侵，杀害我同胞，强奸我姐妹，烧毁我房屋，抢夺我财物，企图灭亡我泱泱中华，变为他们可以随意践踏的殖民地。我中华民族正处于国家灭亡的最危险时候。

"特别是地处抗日战争最前线的我们平潭县，今年（1939）年初，日本侵略者的海陆军不断地对我海坛岛进行轰炸、扫射、炮击和上岸烧杀抢劫。7月5日，伪军'福建自治军第一集团军'余宏清（外号余吓棰）部400多人，在日军7架飞机和5艘炮舰的掩护下，分别从龙王头、竹屿口等澳口登陆，侵占平潭县城，平潭第一次沦陷。在沦陷期，他们成立以汉奸林少屏为县长的'平潭县维新政府'，在陆上打家劫舍，杀人放火；在海上洗劫渔船的海产品和商船的货物，强迫渔商民'做饷'交买路钱，平潭海岛人民深受其害，苦不堪言。

"先贤顾炎武、梁启超都说过，'天下兴亡，匹夫有责'。天下兴亡，关乎每个百姓的切身利益。因此，天下兴亡，每个人都有义不容辞的责任，何况是我们血气方刚的青年人，怎不觉醒过来，行动起来，参加到'抗日救亡'的斗争中去呢？

"为此，我发起成立'平潭五四青年会'，旨在发扬'五四'精神，唤起青年，报国救民，而目前则投入'抗日救亡'运动中去。现在，我想问大家，成立'平潭五四青年会'好不好呀？"

"好啊！"众口一词。

张纬荣虽然年轻阅历浅，但他饱览群书，学识渊博，说理透彻，极富号召力，深得与会青年的热烈拥护。

"既然大家都赞成，那我就把我构想的成立'平潭五四青年会'方案提出来，供大家讨论。"

张纬荣接着说了方案的要点：

一、发展会员。主要对象是中学和小学高年级学生，社会各界爱国青年。总之，不论性别，不问职业，只要愿意参加抗日救国工作的青年人都可报名入会。入会后，发给特制的"平潭五四青年会"铜质长方形会徽，佩戴胸前。

二、成立领导机构。设委员会，由出席今晚筹备会的郑熙森、张纬荣、陈书琴、陈远义、杨建福、魏贤尧、林天杰、陈志洁、卢志光等9人为委员组成。但不设会长，只设常务委员，负责主持会务工作。首届常务委员由郑熙森担任。

三、建立工作机构。1.文书股股长郑熙森；　2.学术股股长张纬荣，副股长陈远义；3.组织股股长林天杰，副股长杨建福；4.体育股股长陈书琴，副股长卢志光；5.游艺股股长陈志洁，副股长魏贤尧。

四、经费来源。1.会员自愿捐助；2.社会募捐赞助。

五、正式成立时间定为1940年5月4日。

张纬荣说完方案要点后，请大家讨论，发表意见。郑熙森说："成立'平潭五四青年会'，团结平潭青年参加'抗日救亡'活动，我完全拥护。但常务委员还是由张纬荣来当。大家别看他年轻文弱，可他智慧超群，性格坚韧顽强，遇事沉着果断，是个帅才，当这个会的主持人绰绰有余。"

"纬荣兄，你想得真周到啊！不愧为一位帅才。"陈书琴称赞完，接着对大家说，"我完全拥护纬荣刚才所说的筹备方案要点和人员分工名单。郑熙森办事稳妥，当常务委员合适，就不必谦让了。"

"同意，同意。"与会大家都表了态。

"好啊，那就请大家鼓掌表示同意筹备方案。"见大家都热烈鼓掌，张纬荣便宣布道，"今晚的筹备会就开到这里，现在我指挥大家再唱一首《在太行山上》的抗日歌曲，祝贺今晚'平潭五四青年会'筹备会召开成功。好吗？"

"好哇！"大家边说边鼓掌。

"不好，不好！有3个伪军巡逻到我们这里来了。"出去方便的卢志光慌里慌张地跑进来报告。

"不用紧张。"张纬荣镇定地说，"请书琴带领大家马上离开这里，我留下来对付。"

"你一个文弱书生怎么对付？还是我留下来吧。"陈书琴很自信地说，"那3个屌兵不堪一击，怎么能敌得过我陈书琴？"

"书琴兄，你是县上有名的抗日分子，也许他们就是冲着你来的。你武功高强不假，但他们有枪呀。"张纬荣说，"而我呢，一介学生，在此复习功课，何惧之有？"

"那你小心点。"陈书琴见张纬荣说得有理，便带领大家迅速地离开。

大家离开之后，张纬荣翻开随带的《古诗词选读》中的岳飞"满江红"朗朗念道：

怒发冲冠，凭栏处，潇潇雨歇。抬望眼，仰天长啸，壮怀激烈。三十功名尘与土，八千里路云和月。莫等闲，白了少年头，

空悲切。　　　靖康耻，犹未雪；臣子恨，何时灭！驾长车、踏破贺兰山缺……

"人呢？"张纬荣尚未朗读完，3个伪兵便气势汹汹地破门而入。

"壮志饥餐胡虏肉，笑谈渴饮匈奴血。待从头、收拾旧山河，朝天阙。"

张纬荣不予理睬，继续昂首朗读着。

"学生哥，刚才有没人在这里开会？"一位高个子伪兵问。

"没有啊！"张纬荣平静地回答。

"你不老实，我明明看见有一帮人陆陆续续走进这个草楼，怎么没有？"另一位矮个子伪兵恶声说。

"草楼就这么大，你们看看不就明白了，何必问我？"张纬荣笑笑说。

"走吧！"那位高个子伪兵说着就走出去，另两个伪兵也随之离开。一场抓捕的惊险就这样被张纬荣巧妙地化解了。可此时，他只是一位16岁的少年啊！

这夜筹备会召开之后，在郑熙森的主持和张纬荣的推动下，"平潭五四青年会"（筹）一边筹备，一边行动，各项活动都开展得有声有色。

学术股在张纬荣股长的领导下成绩最为突出。每月召开一次以"抗日救国"为主题的学术讨论会，激发全体会员的爱国抗日热情。编辑出版以"抗日救亡"为内容的《岚声》刊物，铅印数百份免费发放，深受广大读者的欢迎。会员创作的章回体小说《平潭风雨记》第一回"余吓楻认贼作父，林少屏下海投敌"发表后，震撼全县，引起强烈反响。广贴"抗日救亡"的漫画和标语，在全县造成一个同仇敌忾"抗日救亡"的浓浓氛围。

游艺股组织一个演出队，聘请福清名艺人薛来仔当导演，排练反映"抗日救亡"题材的《咱们俩共同杀敌去》《团结起来，共赴国难》等群众喜闻乐见的闽剧节目，在县城和乡村演出，获得观众的好评。观众说："看了演出，很受感动，深受教育。"

体育股经常组织会员举办篮球比赛，借以加强联络，团结大家一起"抗日救亡"。

组织股大力发展新会员，不断壮大进步力量。到了 1940 年 5 月 4 日召开"平潭五四青年会"成立大会时，全县会员达 3000 多人，成为一支强大的抗日救亡力量。

1941 年 1 月 9 日，平潭第五次沦陷，开明县长罗仲若在福清组织平潭抗日游击队，陈书琴、杨建福等一批会员潜出岚岛到福清参加，在第五、第六两次光复平潭的战斗中都发挥了骨干作用。1941 年 9 月 18 日，平潭第六次光复，结束了从 1939 年 7 月 5 日开始的"六次沦陷，六次光复"的局面。

张纬荣发起组织"平潭五四青年会"，唤起青年"抗日救亡"，是他践行"报国救民"之志的第一件大事。这件大事办得漂亮，显示了他的赤子之心和不凡才干。

第二回　追求真谛　信念如磐

1946年9月10日夜晚，坐落在福州仓山的福建学院，仿佛沉没在无底的黑海之中，漆黑得伸手不见五指。但在学生宿舍楼东头的一个房间里却亮着一抹半明半灭的煤油灯光。一位白皙清瘦的大学生正在房间里的微弱灯光下聚精会神地阅读着。

这位在灯下阅读的大学生就是张纬荣。

张纬荣于1943年2月考入地处宁德三都澳的"福建省立三都中学"高中部。1946年2月，高中毕业后的他以优异的成绩考入福建学院经济系。现在，他是该学院一年级下学期的学生。

在进入福建学院读书这半年多的时间里，在校内，张纬荣勤奋读书，成绩优良，还担任学院学生会的公益工作；在校外，他积极参加中共外围组织"平潭旅外同学奔涛学术研究会"的活动，并担任该研究会的学术股长，为研究会开展学生爱国进步活动做了大量的具体工作，受到曾焕乾的多次表扬。

曾焕乾，平潭县中楼乡大坪村人，1920年6月生。1936年秋，考进福州英华中学，积极参加地下党创办的夜校与《萤火》刊物，宣传抗日救亡。1938年8月，时任福州工委书记的革命家李铁亲自发展他加入中国共产党。随即，曾焕乾奉命回平潭家乡与平潭另一位早期地下党员周裕藩一起，以在盘团小学任教为掩护创办农民夜校，开展抗日救亡和传播马列主义的革命活动。1940年7月，他在平潭大扁岛创建有100多人参加的平潭抗日游击队，担任指挥，周裕藩任副指挥兼队长，徐兴祖任副队长。这是由共产党领导的第一支平潭抗日武装。1941年，他在大田集美商校读书时创办《萌芽》刊物，传播进步思想。1942年5月，他与周裕藩、林慕曾一起筹建闽中沿海抗日突击队。1943年9月，他考入迁往邵武的福建协和大学农经系，组织公开的读书会和秘密的"马列主义学习小组"，开展学生爱国民主运动，受到中共福建省委的重视和赞赏。1945年8月，抗日战争胜利，协和大学搬回福州魁岐，他担任闽江工委学委书记，负责领导福州全市学生工作，在大中院校发展党员，建立党的组织。后脱产离校为职业革命家，担任闽江工委委员、福长平特派员……

由于张纬荣政治立场坚定，思想觉悟高，在校内外表现都很优秀，引起曾焕乾同志对他的特别重视，得到他的用心培养，已经三次找他个别谈话，引导他走上革命道路。

约莫夜晚9时，突然"笃笃笃"几下敲门声响起，把沉浸在书海中的张纬荣惊觉了过来。他问声"谁"便起来开门。但门开了，却不见有人。他感到有点蹊跷，但也没太在意，便随手关上门。关了门之后，发现门边地板上有一个白色纸团，他当即捡起来展开阅读。原来是曾焕乾通知他今夜10时到竹林山馆相见。

竹林山馆据点位于仓前山泛船浦附近，离福建学院并不很远，张纬荣曾去过两次，路熟，没走多久就到了。不过，此时已是夜间10时了。

张纬荣走上竹林山馆二楼，跨进据点联络处的小厅门，却不见曾焕乾在里头等他，也没看到有其他人，只有一盏马灯躲在小厅的一角摇曳着蚕豆大的蓝色火焰。

　　"怎么？莫非这个据点被敌人破坏了？"张纬荣警觉起来，他暗暗道，"我得赶快离开这里。"

　　"别走，老同学！"张纬荣正要跨出小厅门，却听背后有人喊他。

　　"啊，是你？"张纬荣闻声转回头，见是一位老同学，便直呼其姓名，"洪通今！"

　　洪通今，平潭县潭城镇城关人，1923年7月生，1946年2月入党，福州黄花岗中学高中毕业，曾在潭城中心小学和岚华初中就读，和张纬荣不但是同乡、同学，而且还是同年，他们俩早就亲密得如同手足。

　　"纬荣，曾焕乾同志约你来，"洪通今说，"可他刚才却跟李铁同志一起走了。"

　　"你见过李铁同志？"张纬荣很好奇。

　　"当然，"洪通今说，"李铁同志临走时还主动同我握手呢。"

　　"你真幸运，我迟了一步，今晚和李铁同志失之交臂。"张纬荣有点遗憾。

　　"李铁同志平易近人，你在福州读书，从事地下革命活动，还怕没有机会见到他？"洪通今说。

　　"你说的也是。"张纬荣道，"不过，自从听了曾焕乾对我说的'李铁的故事'后，我老想早一点见到李铁同志的尊容。"

　　"'李铁的故事'？我早就想听，但曾焕乾同志一直没时间对我说。"洪通今道，"纬荣啊，你记性好，读书过目不忘，复述故事一句不漏。要不，你现在就对我说说'李铁的故事'好吗？"

　　"好的。"张纬荣点点头就滔滔地说起来。

李铁，原名郭庆云，字缦青。1911年10月28日出生于山东省济南市的一户贫苦店员家庭里。他天赋极高，资质聪颖，自幼勤奋好学。1928年，济南发生"五卅"惨案，正在山东省立第一中学念初三年的他，不幸在校中被日寇的罪恶炮弹无情地击中，身上伤口达30多处，多处骨头都被炸碎了，简直体无完肤。抬回家一放在床上，所有被褥全被血水浸透了。一日数次昏迷不醒。父母看到血肉模糊、奄奄一息的独苗儿子，哭得死去活来。此时，连医生都说他伤势危重，要准备后事。然而，他却奇迹般地活了下来。经过4个年头的治疗，动了多次手术，住过多家医院，请过数位医生，方渐渐治愈。说是治愈，也只是伤口全部愈合而已，而体内各处如蛇咬啮般的隐隐作痛，则在很长一段岁月里日夜折磨着他。但是，意志坚强的他硬是熬了过来。不但熬了过来，而且还在这后3年的治病过程中，以惊人的毅力，在病床上咬着牙，忍着痛，读完高中的全部课程。接着，他以最高分的高考成绩被名牌清华大学抢先录取。由于清华大学的学费昂贵，家境清贫的他只好转学到学费既低廉又免费供应学生伙食的北京师范大学就读。

　　日本侵略者的罪恶炮弹严重地炸伤了李铁的身体，使他的脚拐了，成了名副其实的"李铁拐"，同时也在他的心灵中播下了对日本帝国主义及其汉奸卖国贼的无比仇恨种子，大大激发了他的爱国忧民情怀。他以"劫后生""郭缦青"的笔名在山东和全国报刊上发表评论、散文、小说，以文艺的笔触揭露侵略者的罪恶，鞭挞旧社会的黑暗，激励广大民众的抗日救亡热情。

　　1935年，李铁全身心地投入著名的北京"一二·九"学生运动。他与全市爱国学生一起向华北国民党当局请愿示威，反对华北自治，第一声喊出了"打倒日本帝国主义"的口号。在冰天雪地的严寒北京马路上，他不顾自己身上的伤痛，不怕反动派的皮鞭、大刀、水龙，跟同学们一道赤手空拳同反动军警英勇搏斗，其胳膊和背脊都挨了皮鞭和棍棒。

1936年6月，李铁加入中国共产党。随即担任北师大文学院党支部书记。同年，他参加"中华民族解放先锋队"，被推举为北师大总队长。

1937年夏天，从北师大历史系毕业的李铁到济南市立中学任历史教员。他本想在济南老家一边教书一边干革命，可此时，震惊中外的"七七"卢沟桥事变爆发了，大批京津学生南下，全国抗日救亡运动如火如荼。济南市地下党组织，考虑到郭庆云已被济南国民党反动当局列入待追捕的"赤色分子"名单，为了预防万一，便通知他隐姓埋名，尽快离开山东到江南继续干革命。

于是，郭庆云遵命改名为李铁，离开了山东济南。之后，李铁经山东泰安县、安徽当涂县，抵达江西南昌市，向新四军南昌办事处（中共中央东南分局）报到。经党组织介绍，李铁于1937年12月底到达江西省铅山县石塘镇，同驻屯在这里的闽浙赣特委接上组织关系，并任特委秘书。1938年6月，闽浙赣特委升格为福建省委。省委决定派李铁前往福州，出任福州工委书记。1945年8月，李铁担任闽江工委委员兼组织部长……

"英雄，英雄，李铁真英雄啊！"洪通今听完张纬荣讲的李铁故事，忍不住连声赞叹，问，"纬荣，你我都是刘伯华的得意门生，从小就有英雄情结，但要问我什么是英雄？我只能意会，不能明言。而你博览群书，学富五车，能否告诉我何谓英雄？"

"何谓英雄？聪明秀出，谓之英；胆力过人，谓之雄。"张纬荣悠悠道，"英雄者，有凌云之壮志，气吞山河之气势，腹纳九州之度量，包藏四海之胸襟，藐视一切之能力。当国家有难，民族有险，挺身而出，无私忘我，不畏艰险强暴，不惧流血牺牲，肩扛正义，救黎民于水火，解百姓于倒悬，为国家为民族做出重大贡献的杰出人物。"

"你回答得很好，纬荣兄果然学识渊博，屡考不倒，是一位海坛才子。"洪通今笑着赞道。

"岂敢。"张纬荣说，"通今，焕乾同志通知我10时来这里相见，但他却跟李铁同志一起走了。他走时有没有说什么时候回来？"

"他跟李铁一起去省委据点开会，今晚是不会回来的。"洪通今说。

"那我现在就先回去了。"张纬荣说着就要走。

"你现在不能走，张纬荣。"洪通今说，"曾焕乾同志临走时，委托我代表他当你的入党介绍人，今夜我要引领你入党宣誓。"

"是吗？那好极了。"张纬荣见说简直欣喜若狂，赶忙表态。

"不过，曾焕乾同志要我在引领你入党宣誓之前询问你几个问题。"洪通今说，"请你如实回答。"

"那当然。"张纬荣听后点点头。

洪通今问："第一个问题，请你说说在三都中学读书3年期间的简要情况！"

"好。"张纬荣答道，"三都中学，全称'福建省立三都中学'，直属省教育厅管辖和划拨经费，位于四面环海、风景如画的三都岛。而三都岛则坐落在世界级天然深水良港的三都澳港面上。抗日战争期间，为躲避日机轰炸，校址几经搬迁，1945年8月抗战胜利，学校迁返三都岛原址。我是1943年2月至1946年1月就读于三都中学高中部的。在那3年的学习中，我总的感觉是，学校的学习气氛很浓。同学们都抱着'读书救国'之心，勤奋学习，努力掌握科学文化知识，力求学有所成，报效祖国。分析其原因：一是校长是学者型的爱国人士，他以'培养济世材'为己任，不断地对学生灌输'读书救国'的思想，启发学生自觉读书，鼓励学子成名成家。二是师资力量雄厚，高中部教师都是师范院校本科毕业的，他们教学水平高，学生爱听他们的课。例如，教数学的是留日学者，教语文的是福州有名的文学家何佑生，教图画的是很有名气的画家等等。三是校纪严肃，学校要求师生衣着整齐，教师一律着西装，系领带，穿皮鞋。学校推行'新生活'运动，实行军事化管理，要求学生一律穿黄色的童子军服，戴帽子，穿靴子。四是图书馆藏书丰富，《红楼梦》《水浒传》《西游记》《三国演义》等四大名著，以及鲁迅、郭沫若、茅盾、巴金等作家的作品都有，供学生借阅。阅览室日夜开放，为学生提供阅读方便。五是没有发现国民党、三青团来学校活动。在那3年之中，我主要是集中精力读书。由于我初中只念两年就跳班读高中一年级，开头上数学课还很吃力，但半年后就跟上了，成绩还不错。在课外方面，我连续3年担任校学生自治会学习部长，常辅导后进同学做作业，解答难题。此外，我参加3次校学生会组织的抗日救亡宣传队，上街下乡宣传抗日救亡……"

"很好。你这样一说，组织对你在三都中学的3年历史就清楚了。"洪通今接着问，"第二个问题，请你说说曾焕乾3次同你个别谈话的要点。"

张纬荣点一下头便回答道："曾焕乾曾3次找我个别谈话，对我谆谆教诲。其内容的要点，一是谈学习，曾焕乾强调学习革命理论的重要性和必要性。他强调，没有革命的理论就没有革命的行动。他还说：古圣人云'不识道不足以成智者，不用道不足以驰骋人生。'这里所说的道，就是道理，就是自然规律。可以把它引申为，就是革命理论，就是马列主义、毛泽东思想，就是共产党纲领。他要求我在空余时间里要多读一些进步书籍。例如，《社会发展史》《大众哲学》，以及进步的文艺作品和革命英雄人物的故事。二是谈革命，曾焕乾举了几个事例揭露国民党政府的腐败和当今社会的黑暗，指出凡是统治阶级都不会自动退出历史舞台，只有发动人民群众起来革命，推翻国民党反动政府，打倒压在人民头上的帝国主义、封建主义、官僚资本主义三座大山，建立人民当家做主的新中国，社会才会进步，国家才会富强，人民才会幸福。否则，中国是没有前途的。中国只有通过革命才能得救，引导我坚定地走上革命道路。三是谈党，曾焕乾介绍了中国共产党的纲领，讲明党的性质、任务和目标。曾焕乾还动情地为我描绘了共产主义社会的美好蓝图，说那时消灭了阶级剥削和阶级压迫，消灭了城乡、工农、体力劳动和脑力劳动之间的三大差别，生产力高度发达，社会物质极大丰富，人们的觉悟极大地提高，劳动成了人们生活的第一需要，实行各尽所能，按需分配原则，人人都过上幸福美满的生活。他这样讲，旨在启发我积极创造条件加入中国共产党。四是谈气节，曾焕乾说，为了实现这个人类最美好的共产主义社会，自从1921年7月1日中国共产党诞生以来，多少共产党人和革命志士，不怕艰难困苦，不怕流血牺牲，同反动派恶势力进行了不屈不挠的斗争。他讲了许多革命先烈在监狱中和在刑场上坚贞不屈、视死如归、顽强斗争的故事。他用这些英雄人物的悲壮故事和光辉形象，来感染、教育我，使我下定决心坚守共产党员的革命气节，做到富贵不能淫，威武不能屈，永不叛党。"

"很好，很好。张纬荣同志，曾焕乾同志要我代表党组织，向你正式宣布，你的入党申请，党组织已经批准了。现在，由我引领你向党宣誓。"洪通今拿出一面党旗挂在墙壁上，然后站在党旗前举起右

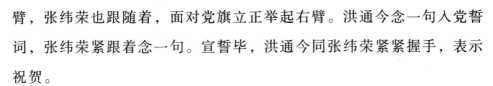

臂，张纬荣也跟随着，面对党旗立正举起右臂。洪通今念一句入党誓词，张纬荣紧跟着念一句。宣誓毕，洪通今同张纬荣紧紧握手，表示祝贺。

从此，张纬荣更加坚定自己的理想信念，处处以共产党员的标准严格要求自己，立誓要把自己的一切交给党，为建立新中国和实现共产主义理想而努力奋斗，永不叛党。

第三回　福州抗暴　脱颖而出

　　张纬荣入党后，直属闽江工委委员曾焕乾同志领导。曾焕乾给他的任务，是联络、团结福清平潭籍同学，发展党的组织，建立联络点，扩大党的影响。张纬荣不辱使命，坚决完成任务，从 1946 年 9 月至 1947 年 3 月共 6 个月，他联络团结 100 多位福清、平潭籍的福州大中学生在自己的周围，发展了 20 多位新党员，建立了多个联络点，扩大了党的影响，其工作成绩十分显著，受到闽江工委领导的表扬。

　　为了发展组织，扩大影响，张纬荣于 1947 年 1 月底放寒假期间返回家乡，参加平潭进步青年组织"星期会会"（意为每星期一会）的活动，利用该会创办的会刊《海声报》，抨击时政。张纬荣以"一读者"为笔名在《海声报》上发表一篇题为"反美乎？爱国乎？"的文章，严词驳斥《平潭民报》上转载的一篇反动文章。该反动文章将全国学生抗议美军强奸北大女学生沈崇的爱国行动，诬蔑为"共产党惹是生非""纯系共产党捏造"。张纬荣在文章中责问："假如被强奸的是文章作者或编者的女儿、妈妈、老婆、姐妹，试问你们做何感想？"这期报纸一出版，就轰动全县，争相购买，供不应求。张纬荣还在《海声报》上发表其他针砭时弊的小品文，为平潭知识界所颂扬。虽然他的文章都用笔名，但传来传去，人们都知道这些高水平的文章乃是出自海坛才子张纬荣之手。从此，张纬荣的大名便不胫而走，在海坛岛上下广为传播。

1947年3月25日晚上8点半，张纬荣正在福建学院宿舍里考虑如何向领导汇报工作，突然有位青年破门而入。只听他气喘吁吁地说声"赶快救人"就没有下文了。

张纬荣一头露水，忙问："救谁？锡九。"

锡九全名为张锡九，1930年生，是张纬荣的胞弟，林森师范学校学生，1947年2月经张纬荣介绍加入中国共产党。

"严子云被抓进警察局了！"张锡九喘了一口气后说。

严子云，平潭县潭城镇人，1929年2月生，1946年9月考入省立福州中学高中部，1947年2月由张纬荣介绍加入中国共产党，任省福中党支部书记。

"怎么回事？"张纬荣倒了一杯开水，递给胞弟道："你坐下来慢慢说。"

原来，今天傍晚，省立福州中学高三年学生陈昭弼、林洪照从南台乘公共汽车回城。上车时，因乘客拥挤，购票不便，售票员说等下车时再补票。但车到南门站时，汽车公司几名查票员突然上车查票，硬说他们是"坐白车"，强行将他们拖下车，并肆意对他们拳脚相加。设在车站斜对面巷中的南门派出所的警察不分青红皂白，也帮着动手毒打学生。伤势较轻的林洪照挣脱逃回学校。严子云正在教室里做作业，听林洪照说的这个情况，忙组织100多名在校寄宿的同学跑步赶往南门兜援救。当同学们跑到时，凶手们已经逃避无踪，南门"汽车公司"内也空无一人，只见满身是血、不能动弹的陈昭弼同学躺在地下发出声声凄惨的呻吟。同学们见状无不怒火中烧，他们一分为三，一部分抬重伤的陈照弼到省立医院治疗；一部分到派出所讨公道；一部分捣毁汽车公司的家具泄愤。岂料派出所警察和汽车公司沆瀣一气，居然气势汹汹地对学生抡起警棍。这时一伙全副武装的宪兵也乘车赶来，妄图镇压手无寸铁的学生。严子云见形势不妙，忙指挥同学从巷道撤退回校，他自己为照顾同学断后。谁知尾随其后的警察，途中竟将严子云和林致尧、郑学濂三位同学拘捕，押送到南门派出所毒打。然后用汽车将他们转押到鼓西路福州市警察总局羁拘动刑……

"走！"听完张锡九的叙述，张纬荣站起来道，"我们一道到竹林山馆向曾焕乾汇报去。"

到了竹林山馆，见曾焕乾不在，张纬荣让张锡九先回林森师范学校待命，他独自赶往仓前山闽浙赣区党委的一个据点。到时，张纬荣见曾焕乾正和曾镜冰、庄征、李铁坐在一起听取何友礼汇报，其汇报的内容正是省福中学生被警察殴打的事。

曾镜冰，海南省琼山县良田园村人，1912年11月生，1931年入党，1938年6月26岁时任中共福建省委书记。在艰苦卓绝的抗战岁月，他领导福建党组织同日伪顽敌进行了不屈不挠的斗争，成为东南的一面不倒的旗帜。1945年4月，在中国共产党第七次全国代表大会上，他被选为中央候补委员。1946年11月，改福建省委为闽浙赣区党委，他任区党委书记。

庄征，曾用名赵枫，莆田县西天尾石盘村人，1918年11月生，1938年初入党。1945年8月，出任闽江工委书记。1947年2月，任闽浙赣区党委城工部部长、区党委委员。

李铁，时任闽浙赣区党委城工部副部长、区党委候补委员。

何友礼，1925年1月出生于福州市台江区夏礼泉十间角何厝里。

1945 年夏入党，1945 年 8 月，任闽江学委委员。1946 年 6 月，任第二届闽江学委书记。

曾焕乾见张纬荣进来，示意他坐下来一起参加开会研究。张纬荣便找个空位坐了下来。

曾镜冰首先说："情况大家都清楚了，这是一件小事，但我们党要善于抓住这个关乎群众切身利益的小事，例如两张汽车票，加以引导，逐步提高，成为一个大运动。由城工部具体组织发动全市学生奋起斗争，揭露国民党反动派的暴行，把运动引向政治斗争。我们党还要善于根据学生的情绪与要求共进退，造成胜利的进攻与胜利的结束。"

庄征激动地接着说："我们城工部要全力以赴，使这场斗争成为党组织领导下的福建省历史上规模最大并取得完全胜利的一次学生抗暴运动。"

李铁沉吟良久之后才说："学生被反动的警察无端殴打，这本来是件坏事，但我们要把它变成一件好事。也就是说，我们要根据有利的斗争形势，抓住有利的时机，把学生自发的正义斗争引向反蒋统治的反迫害、反饥饿、反内战的爱国民主运动中去，打破近来福州学运沉寂的状态，让福州的爱国民主运动出现第二个高潮。"

"两位部长都说得很好，我听了颇受感动，看来这场斗争胜利在握。"曾镜冰很欣赏城工部两位部长的理论水平和组织能力。接着他问曾焕乾，"本家，该轮到你发言了。说说你的高见吧！"

"不敢，不敢。"曾焕乾虽然对这场斗争胸有成竹，但在区党委书记面前，不免有点拘谨。不过，既然区党委书记指名点将，却之不恭，便说道，"在组织领导这场学生运动中，我们要十分注意斗争策略，坚持一切从实际出发，做到有理、有利、有节，既沉重打击国民党反动派，又大大鼓舞教育人民群众，有效地提高他们的思想觉悟。"

"说得完全正确，完全正确。"曾镜冰满口赞扬之后，回过头问张纬荣，"这位学生哥贵姓？"

"他叫张纬荣，福建学院经济系高才生，又一位海坛才子。"李铁只见过张纬荣一次，却给他留下很深的印象，便抢着向曾镜冰介绍。

"好，很好，现在就请这位海坛才子说说吧。"曾镜冰说时一直朝着张纬荣笑。

"省福中有3位学生现刻还关押在市警察总局里受刑。"张纬荣正色道，"我请求区党委领导设法营救他们。"。

"这个你放心。"庄征说，"我已经通过统战关系，说动了市警察局局长。那位市警察局长答应放人，已经通知省福中校长明天凌晨3点前到市警察总局保释他们回校。不过，为了预防警察局长出尔反尔，讲话不算话，还要请张纬荣同志组织一批学生骨干连夜做好准备，以便明天上午举行一场声势浩大的示威游行活动，逼得他们非答应我们的放人等条件不可！"

"是。"张纬荣作一个接受命令的严肃姿态。

接着，曾镜冰要求庄征连夜制订计划、迅速部署、号召城工部系统党员投入战斗。他自己则表示，天一亮就住进城内衣锦巷据点，以便就近听取情况，及时指导反暴斗争。

会后，大家分头行动。

张纬荣奉命立马进城坐镇指挥，推动地下党员和积极分子连夜上街张贴和散发"告全市各界人民呼吁书"，争取社会各界给予声援。

3月26日上午，省福中全校学生停课，300多名学生在地下党员的带领下走上街头，游行示威。途经福建学院附中、三民中学、格致中学、高工等校大门口时，这些学校都有学生踊跃地加入游行队伍，以示声援。

有各校声援学生加入的游行队伍返回三牧坊省福中大操场举行临时大会，由省福中学生代表介绍事件经过情形，各校学生代表纷纷上台发言，伸张正义，怒斥国民党反动派的暴行。经各校代表商议，临时大会宣布两项决定：一是当即成立全市中学生抗暴联合会；二是下午2时，举行正式游行，要求各校学生准时到南门体育场集合。

中午，曾焕乾受曾镜冰、庄征之托，在圣庙路12号学委联络站召见于凌晨3点释放出来的严子云，在座的有何友礼、张纬荣。

严子云汇报了有关情况之后，何友礼补充一条信息：今天上午，省福中校长请省教育厅长来校将未上街游行的学生集中到礼堂"训话"，要求学生不要停课，学生表示不能接受。于是，教育厅长把矛盾上交，叫省福中学生自治会主席和各年级代表往省府面见福建省政府主席刘建绪。学生代表当面向刘建绪提出关于惩凶、赔偿、道歉和今后不再发生类似事件的4项要求，刘建绪表示愿意加以考虑，但却威胁说："下午不准游行，否则出了事，我们不负责。"

曾焕乾听了笑道："这是刘大人惯用的大人哄小孩的手法。其实，他色厉内荏，外强中干，面对下午声势浩大的全市学生示威游行队伍，他不负责也得负责。"

张纬荣接着说道："由于严子云被捕，平潭福清籍学生，出于同乡情谊，不论政治观点如何，无不积极参加援救。我们要善于抓住这股情绪，布置地下党员在这场斗争中注意隐蔽，尽可能让原青年军和三青团学生在示威游行、冲击警察局行动中打头阵。这样，国民党特务机关就抓不到我们共产党在领导这场抗暴斗争的把柄，做到既打击敌人，又保护革命力量。"

曾焕乾见说点头赞许，并说："此事就由你具体负责指导。"

"是！"张纬荣答道。

曾焕乾见被打受伤的严子云头绑绷带，脸色蜡黄如纸，关切地对他说："你还是住到省立医院去治疗休息，不必参加游行，我们要让市警察局长亲自到医院慰问你们受伤的同学。"

"等我回校布置好之后再到医院住下。"严子云回答说。

严子云回校后，即刻通知高亿坤前往三民中学，布置在该校读书的复员青年军林诚良、高峰等组织同学配合全市学生行动。

下午 2 时正，全市 16 所中学 2000 多名学生陆续步进南门体育场集合，汇成一个声势浩大的示威游行队伍。队伍行列整齐，步调一致，秩序井然。他们从南门兜出发，经南街向鼓楼前鼓西路口市警察总局方向雄赳赳气昂昂地前进。一路上，他们高呼着"惩办打人凶手""保障人身安全""改造警察素质""汽车公司收归国营""汽车公司和警察局必须向受伤同学赔礼道歉，赔偿损失"等口号。那一阵阵响雷般的口号声，震撼了沉寂多时的福州城。

游行队伍到达市警察总局门口时，全副武装的警察列队阻拦，并且鸣枪威胁，妄图吓散游行队伍。然而，被激怒的学生在高亿坤的带头下高喊着"冲呀！"像铁流般涌进警察总局内，砸毁了警察总局的牌子和警察岗亭。

游行队伍最后转向省政府。而省政府大门前早已布了哨，哨兵个个荷枪实弹，装上刺刀，如临大敌。学生们不顾一切地围住了省政府大门口，并在大门口静坐示威。同时，根据张纬荣的安排，推举 13 位同学为代表，进去向省政府主席刘建绪递交请愿书，要求合理解决"三二五"事件。

果然不出曾焕乾所料，声言不负责的刘建绪，迫于示威游行声势之浩大，慑于青年学生正义行动之威力，表示全部接受请愿书的要求。

13 位代表出来传达后，通情达理的学生根据张纬荣的通知便散归各校。然而，国民党省政府当局"光打雷不下雨"，并不履行承诺，惩办打人凶手，于是张纬荣再次组织各校学生，"一不做，二不休"，继续罢课、游行示威、冲击警察局，斗争持续 7 天，参加的学生达 1 万多人次，逼得刘建绪终于付诸行动，惩办了打人凶手，令市警察局和汽车公司登报公开赔礼道歉，保证今后不再发生，并且派市警察局长亲自到省立医院慰问受伤的严子云、陈昭弼等同学，并赔偿了一切损失。

"三二五"福州学生抗暴运动达到了预期目的，城工部根据区党委书记曾镜冰的指示，布置收兵复课。这是共产党组织领导的福建省历史上规模最大并取得完全胜利的一次学生抗暴运动。

中共中央非常重视"三二五"福州学生抗暴斗争，专门为此发出了"关于发动平津等地学生声援福州学校的指示"。

张纬荣在领导这场空前规模的学生抗暴斗争中脱颖而出，他组织严密，指挥得体，处事沉着，表现出一个运动指挥者的组织领导能力和才干，得到了区党委领导曾镜冰和城工部领导庄征、李铁、曾焕乾、何友礼等人的一致赞扬。

第四回　灵石山头　崭显峥嵘

阴雨绵绵，苍穹朦胧。一队面容刚毅、精神抖擞的青年人攀登在崎岖不平的陡坡山路上。他们时而驻足仰望前方悬崖峭壁的山峦，时而随手采摘路边暗香浮动的山花。那一双双明亮有神的眼睛里闪着炯炯的光……

这是 1947 年 3 月 28 日上午，地下党领导人曾焕乾率领他的战友们攀登在福清东张通往灵石山西山尾据点的山坡路上的情形。

走在队伍最前头的那位白皙清瘦、文质彬彬的青年人，就是福建学院经济系二年级学生张纬荣。不过，此时的张纬荣已被党组织调出学校，脱产干革命，成为一名无产阶级职业革命家了。

党组织把张纬荣调出学校的缘由有二：一是根据闽浙赣区党委关于"城市为农村服务，迅速从学校向农村发展"的方针，抽调一批学生党员到农村开展农民运动，打击国民党反动派；二是张纬荣领导"三二五"福州学生抗暴斗争表现突出，引起国民党军统特务的注意，上了他们待抓捕人员的黑名单。作为把自己的一切交给党安排的共产党人，张纬荣自然愉快地服从组织决定，脱下了学生装。

曾焕乾知道，建立山头据点，是组建地下革命武装，同国民党反动派打游击战的基础条件。因此，他早就呕心沥血，精心策划，在福清东张山区建立革命根据地。1946 年 6 月，根据福建省委关于城市为农村服务的指示精神，曾焕乾先后从各大中学校中抽调一批又一批学生党员到农村开展革命活动。如协大的陈世明、吴秉瑜、陈振华，协职的林维梁、翁强吾，高工的詹益群，三一中学的林维榕，三民中学的陈羽生，黄花岗中学的林中长、施修莪、林正光、洪通今、何本善、邱子芳、余孔华等。其中，派到福清东张山区一带的福清、平潭籍学生党员，就有陈羽生、邱子芳、王重清、陈振华、林维榕等人。他们分别安排在东张的尚理小学、园村小学、园尾小学、上店丽生小学等校，以教员身份为掩护开展地下革命斗争，使这些学校都成了地下党在东张一带活动的联络点。曾焕乾还特别交代他们留意在东张一带建立山头据点地址的事。

1947 年 2 月 28 日，根据龙山会议关于成立地下军的决定，曾焕乾亲自携陈世明前来东张园村小学，找陈羽生商量设立山头据点地址的事。根据陈羽生等人的建议，并经过亲自实地考察，曾焕乾认为福清东张附近的灵石山，山连山，山高谷深，林密路陡，活动空间广，回旋余地大，是个建立革命据点的理想地方。随后，他又带洪通今、陈书琴等几位平潭战友顶寒风，冒暴雨，再次前往灵石山勘察地形，了解当地群众情况，为在这里开辟据点做充分的准备工作。1947 年 3 月 24 日，曾焕乾更是从早晨 6 时至下午 3 时，都泡在东张灵石山上，指挥陈宜福、王重清和陈阿炎、陈阿标父子以及当地群众，于西山尾寨依山势、沿溪流搭盖一长溜茅棚，作为据点，为归属曾焕乾直接领导的福长平工委和地下军闽海纵队提供驻地。

1947 年 3 月 29 日上午，曾焕乾在灵石山据点召开全体干部会议，传达"龙山会议"精神，宣布福长平工委和地下军闽海纵队正式成立。

关于"龙山会议"精神，曾焕乾说：

"1947年2月22日至25日，闽江工委在林森（闽侯）县桐口乡龙山村召开干部会议（史称'龙山会议'），参加会议的有30多人。闽江工委书记庄征在会上传达了1946年11月召开的福建省党代会的精神，做了题为'论开辟第二战场'的报告。庄征传达的省党代会精神是，决定将中共福建省委改为中共闽浙赣区党委（1947年9月又改称省委）；决定撤销中共闽江工委，成立中共闽浙赣区委员会城市工作部（简称城工部）；决定任命庄征为城工部部长，李铁为副部长，孟起、林白、杨申生为委员，并提拔庄征为区党委委员，李铁、孟起为区党委候补委员。同时决定成立闽浙赣地下军司令部，由林白任司令员，曾焕乾任副司令员，庄征、李铁为正副政委。下设闽海、闽东两个纵队。曾焕乾兼闽海纵队司令员和政委。龙山会议是闽浙赣城市工作的一个历史性转折点，使城市工作从江委时期的'精干隐蔽、积蓄力量，以学生运动为重点'的方针，转变为'为农村服务、为游击战争服务，依靠山头、面向群众、到处发展'的方针。特别是城工部的成立，将大大加强闽浙赣区党委对城市爱国民主运动的领导，有利于进一步开展统一战线工作和城市支援农村工作。因此，这次会议在福建党组织有关城市工作的发展史上具有重要的意义。"

接着，曾焕乾宣读了经区党委城工部批准的两个组织机构的人员名单。

①福长平工委，书记陈世明，副书记吴秉瑜，委员张纬荣、林中长、郑杰、陈振华、林正光、施修莪、洪通今。下属平潭工委，书记吴秉瑜，委员林中长、陈维梁；福清工委，书记陈振华，委员林正光、施修莪、何本善、丁敬礼、邱子芳、陈羽生；福长平学委，书记张纬

荣，委员詹益群、陈孝义。

②地下军闽海纵队，司令员兼政委曾焕乾，政治处主任吴秉瑜，下属4个支队和一个独立团，林中长、林正光、施修莪、洪通今四人分别担任各支队的支队长兼政委，郑杰为独立团团长兼政委。同时，还成立了一个精干的警卫队，以浑身是胆、武艺高强的陈书琴为警卫队长，因"码头事件"从平潭撤到灵石山的原"紫电队"队员，皆为警卫队战士。

闽海纵队司令部制作一面鲜红的队旗，并由陈羽生负责雕刻关防大印和长戳各一颗。

在驻扎灵石山据点的日子里，曾焕乾和他的战友们一边策划福清龙（田）高（山）武装暴动，一边进行规范化的军事训练。

这两天的军训内容是近战时的拳击技术，由曾焕乾亲自担任教练，教了一天也练了一天。到了次日下午4点，举行比武，主要是拳术比赛，驻在据点里的闽海纵队30多名指战员全体参加。由曾焕乾指定旗鼓相当的二人为一对，一对一对地出台比赛。

最有趣的一对是张纬荣和林中长。他们两人都是文质彬彬的儒将，有太多的相像。一样的身高，一样的体重，相似的瘦削而清秀的脸庞，这都不奇怪，罕见的是两人居然"同年、同月、同日、同时"生。1923年9月14日4时（癸亥年八月初四日丑时），张纬荣、林中长俩同时呱呱落地在东海麒麟岛上。平潭民间有麒麟八月初四送子、八月初八送瑞之说，那么这两个八月初四生的男婴就是麒麟子了。只不过，一个送在潭城书香门第，一个落在大福渔耕之家。正是机缘巧合，今天麒麟两兄弟为了共同的目标同上灵石山，又被安排同场比武，他们一上场未出手，就博得暴风骤雨般的掌声和笑声。

不过，最精彩的一对还是陈书琴和曾焕乾。他们二人都是拳技不凡的武术高手，陈书琴体壮力大，如猛虎下山，步步呼啸着攻来；曾焕乾似猿猴攀树，掌掌轻轻地还击。臂来腿往，你跃我飞，他俩打得扑朔迷离，大家看得眼花缭乱。整整打了72个回合，居然不见高低，难分胜负。

诚然，这只是大家这样说。其实，曾焕乾、陈书琴二人自己心知肚明。凭勇力，曾焕乾绝不是陈书琴的对手；论武术，陈书琴比曾焕乾还是略逊一筹。陈书琴那如钢似铁的拳头每每挥来，一到曾焕乾那柔软的手掌就化成泥土芥粉。

4月15日下午6时许，这日军训结束后回到茅房，曾焕乾擦擦汗水，正想挑灯夜读，却见洪通今进来报告："林维梁已经来到西山尾陈吓标家，可否带他上来见您？"

"噢！"曾焕乾不置可否地轻点一下头，心中想道，林维梁奉自己之命潜伏平潭，负责在上层人士中活动，为我党获取情报。除了吴秉瑜、林中长两人外，大家都不知道他的真实身份。现在据点里的平潭同志很多，为了不让太多人知道林维梁的特殊身份，还是不让他上山来为好。于是，他站起来对洪通今道："还是我们一起下去到吓标家与林维梁相见吧。"

两人正想走，曾焕乾突然对洪通今说；"你去请陈世明来，我有事对他说。"洪通今答应着走了。须臾，陈世明进来，曾焕乾对他说："我要到区党委汇报工作，何时回来难说。我不在期间，这据点就交给你负责，你有事要多同工委委员们商量。"见陈世明边听边点头，曾焕乾便对洪通今说："那我们一起下去，先到陈吓标家。"

陈吓标家在西山尾，堪称灵石山据点的"门户"。不过，"门户"之外还有一个其作用近似于"岗哨"的秘密联络站，设在地处半山腰的园尾村里。欲到据点的人，首先必须到"岗哨"对暗号。对上了暗号，才派员带你到"门户"。进了"门户"之后，还得请示领导同意，方可进据点。

这些"规则"林维梁自然清楚。所以他在"门户"里耐心等待，等待有人带他上据点同曾焕乾会面。然而，许久过去了，就是不见有人来带他上山。心想，难道组织上对我不信任，心存怀疑？一种被冷落的感觉顿时袭上他的心头。

林维梁正在胡思乱想之际，曾焕乾风风火火地推门进来，笑着说："让你久等了，真对不住啊！一路上，没有被东张妹抢去当女婿吧？"

"你都说些什么呀？"林维梁也笑着说。曾焕乾的一句道歉词，又接一句幽默话，林维梁听了很舒服，心中那么一点的委屈感便随之烟消云散了。

"快说说，你得到的最新情报吧！"曾焕乾坐下来说。

"林荫要赠送枪支给你，已经派林达仁、许延衡二人为代表出来请你回去领枪……"

"哈哈哈，林荫要赠枪给我？这不是黄鼠狼给鸡拜年吗？"未等林维梁说完，曾焕乾便忍不住大笑着插话。

"吴秉瑜知道林荫没安好心，特派我在林达仁、许延衡之先赶到这里向你通气，提醒你别上林荫的当，千万不能回平潭。"

"林荫这一招，乃是和尚头上的虱子，明摆着的，他骗得了谁呢？"曾焕乾接着沉吟道，"不过，林荫不是一盏省油的灯，他为何有此一计呢？你不妨细细道来。"于是，林维梁说了事情的大概。

原来，平潭"码头劫案"证实是紫电队的作为之后，手下特务成群的林荫，进一步查出了紫电队背后有共产党在领导。曾焕乾的真实身份，他也探得一清二楚。

这位坚持与共产党为敌的国民党顽固派县长林荫，妄图捕杀共产党要员曾焕乾以邀功。但是，曾焕乾不在平潭活动，林荫想抓捕曾焕乾却鞭长莫及，便想出一计：以赠枪给曾焕乾为名，诱骗他回来领枪时逮捕他。然而，由谁去诱骗曾焕乾回来呢？林荫物色的第一人选是曾焕乾的堂兄曾焕魁，但曾焕魁却以找不到曾焕乾为借口来搪塞，林荫对他也无可奈何。所以又物色林达仁、许廷衡二人。林荫认为，此二人平时与曾焕乾有来往，且很友好，一定能够把曾焕乾"请"回来，然后杀之……

听了林维梁的叙述，曾焕乾道："我不会上林荫的当，请秉瑜他们放心。但林达仁我还是要见的，只是在接见的地点上稍加注意就行了。"

当晚，曾焕乾、林维梁、洪通今3人在陈吓标家的一张竹床上同盖一条被单过夜。次晨，曾焕乾、洪通今一起送林维梁下山。

曾焕乾从林维梁的汇报中得知林达仁已经到了福清。他落脚之处，曾焕乾当然懂得。反之，曾焕乾在东张的一个小村联络点，林达仁作为党员骨干也是知道的。因之，曾焕乾立即封闭这个东张的小村联络点，绝不能让现在作为林荫代表的林达仁知道他的行踪。林达仁赶到这个已经关闭了的东张小村联络点，什么人都联系不上。可是他却被曾焕乾派人请到福清的梨万村来。曾焕乾想听一听林荫的鬼主意，为保密起见，他嘱咐带林达仁来梨万村的同志，要将林达仁的眼睛蒙上才带进村来。曾焕乾单独一人与林达仁在村里一座房子的楼上谈判。

说是谈判，实际上成为曾焕乾对林达仁的工作部署，叫他回去同紫电队党员念克谦等打通关系，搞好团结，共同协助吴秉瑜开展平潭的地下革命斗争，进一步打好基础，迎接新的革命高潮之到来。

最后，曾焕乾问："林荫派你和许廷衡二人为代表同我谈判，为

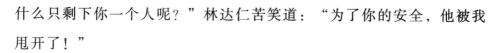

什么只剩下你一个人呢？"林达仁苦笑道："为了你的安全，他被我甩开了！"

"此话怎讲？"曾焕乾不解。

林达仁答道："许廷衡为人过于轻浮，我怕你的联络点被他知道，会给我们党带来不必要的麻烦，所以提出分头去找你，以便甩开他。不料，他却爽快地道：'我也有此意'。所以，两个人分开，只剩下我一个人。"

听林达仁这样说，曾焕乾心中颇为感动。他随即写了一封信给吴秉瑜，托林达仁转交。林达仁走后，曾焕乾命洪通今回灵石山据点，他自己则先回福州，然后准备前往区党委南古瓯山头驻地汇报请示工作。

无功而回的林达仁向林荫汇报后，就被林荫抓了起来。经过几阵严刑拷打，林达仁承认自己受曾焕乾蒙骗加入了中共地下党组织，表示悔过自新。不过，他没有出卖一个革命同志。

然而，出卖革命同志的叛徒还是有的。在曾焕乾离开灵石山据点之后半个多月的 5 月初，就传来福清县工委书记陈振华和另一平潭藉党员林维榕被捕叛变的坏消息。他们经不起敌人的严刑拷打，贪生怕死，背叛了自己入党时的誓言，出卖了吴秉瑜、翁绳金等革命同志，还给敌人提供了灵石山据点的一些机密，成为可耻的叛徒。

和他们同时被捕的还有福清县工委委员丁敬礼同志。他铁骨铮铮，坚贞不屈，任凭敌人严刑拷打，就是守口如瓶，没有暴露任何地下革命的秘密。1947 年 7 月，被国民党福建省保安团杀害于莆田县熙门，时年 25 岁。

丁敬礼同志，1912 年 5 月生，平潭县澳前镇玉楼堂村人，1946年初入党。1947 年 1 月，在曾焕乾的策划下，他利用担任林浦田粮处主任之便，巧妙地为党筹集到300担粮食和1000万元现款，立下了惊天动地的大功。他临牺牲时说："我死不足惜，但愿革命早日成功。唯恨死得太早，为革命贡献太少。"中华人民共和国成立后，丁敬礼同志被追认为革命烈士。

福长平工委书记陈世明获悉陈振华和林维榕被捕叛变后，不禁大吃一惊，一时不知如何是好，便想回福州向上级党组织汇报。他临走时，最先见到的人是工委委员施修莪，就命他临时负责山头据点的工作；然后又看到张纬荣，便邀他做伴一起回福州向曾焕乾汇报党内出叛徒的事。

奉陈世明临行时之命，施修莪召集林中长等在山头的其他工委员一起商量应变措施。林中长说："由于叛徒告密，福清国民党当局已经获得灵石山革命据点的机密，他们一定会派大批兵力前来围剿，我们必须立即做好突围准备。"

林中长的话音刚落，陈阿标的弟弟和另一个小孩就气喘吁吁地跑上山来报告，说国民党福长平三县剿"匪"总指挥胡季宽已经派兵前来"围剿"灵石山据点了，请赶快撤离。并说，陈阿炎、陈阿标父子因拒绝为敌人带路，被抓去吊打得死去活来。

此时，守在灵石山头据点的还有林中长、施修莪、林正光、洪通今、陈书琴、陈孝仁、林祖耀、陈宜福、洪成昌、邱子芳、王孝桐、林吉安等12位党员骨干。他们在林友喜等革命群众的掩护下，采取"化整为零，分散转移"的办法，经过两天两夜与敌人艰苦作战和巧妙周旋，终于突出重围，脱离了险境，全部撤到曾焕乾事先安排的福州北郊大王山落脚。

随后，敌人攻上了灵石山西山尾寨据点，但扑个空，便放一把火把据点的草楼、设施和物品全部烧毁，成了一处废墟。

　　这样，曾焕乾和他的战友们辛辛苦苦建立起来的灵石山据点，尚未真正发挥作用，便由于叛徒告密，功败垂成，不免令人唏嘘惋惜。

第五回　潜入台湾　为党筹款

　　1947 年 5 月上旬的一个万籁俱寂的深夜，突然响起一阵有节奏的"笃笃笃"敲门声，把沉睡中的马玉銮吵醒。她知道丈夫曾焕乾前往南古瓯区党委驻地汇报工作，刚走没几天，怎么可能这么快就回来了呢？所以，她判断这敲门的人不是他。那么，会是谁呢？难道是国民党宪兵队前来抓人？她想到此不由得警惕起来，忙披衣起床，摸着防身的手枪，静静地躲在门后严防敌人破门而入。

　　马玉銮，曾焕乾夫人，福州人，1919 年 10 月生，1946 年 1 月入党，福建协和大学毕业。

　　"笃笃笃"敲门声再次响起，但声音不急不慢，颇为轻柔，马玉銮觉出敲门的可能是自己人，便问："谁？"

　　"张纬荣！"门外人压低声音回答。

　　"张纬荣，你不是在灵石山据点吗？怎么这么晚会来这里找他？"马玉銮开了门，让张纬荣进来坐下后问道。

　　"灵石山据点被叛徒出卖，我随陈世明一起回来向曾焕乾同志汇报，到了你们的原来住处，才知道你们搬家了，但却不知道搬到何处？

经过几天的探问，到今天上午才听说你们搬到这里来。"

"可是他前几天就上南古瓯山头区党委驻地，估计近几天不可能就回来。"马玉銮递一杯水给张纬荣。

"这我今天上午也听说了。"张纬荣说着喝一口水。

"那你今晚还来这里找他？"

"大姐，灵石山据点因叛徒告密被破坏；国民党宪兵队又在福州布下天罗地网指名道姓要抓捕我；平潭工委书记吴秉瑜由于叛徒出卖被捕，白色恐怖笼罩着海坛岛。在此情况下，我就想到前往台湾，协助郑杰、徐兴祖他们经营商行，为党筹集活动经费。"张纬荣说了要去台湾的理由。

"张纬荣同志，你说的不无道理，但我有责任提醒你，你要到台湾筹款，并非小事，必须经组织批准方可成行。"马玉銮正色道。

"这我知道，只是现在形势严峻，情况特殊，时不我待，所以我今夜才来恳求大姐代表曾焕乾同志批准。同时送一份请假报告留在你这里，等曾焕乾同志回来补批。你看，这样可以吗？"张纬荣说着拿出一封装有报告的信封递给马玉銮，稍停片刻，他又补充说，"其实，我这次赴台协助筹款正符合曾焕乾同志的本意，他曾多次要我为党筹款。根据他的指示，我也从家里要到 10 多两黄金和数千块银圆献给党组织，但杯水车薪，毕竟有限。"

"张纬荣同志，你的这个请假报告，我会帮你转交给他。"马玉銮接过张纬荣手中的信封后说，"但是，我无权代他批准你赴台筹款的事，这一点你要明白。"

"明白，谢谢。"张纬荣说着走了。

1947 年 5 月 8 日拂晓，一艘载着张纬荣的商船，徐徐地驶进了台湾基隆港。

基隆港位于台湾岛的北端，港面朝东北开口，外窄内宽，形似鸡笼，故旧称该地为"鸡笼"。清同治二年（1863）辟为商埠；清同治十一年（1872）设海防基地于此，始易名为基隆，取"基地隆昌"之意。基隆是台湾重要渔港之一，又是最早开发的工业城市，物产丰富，市场繁荣，人口发达。

张纬荣上岸后，穿过熙熙攘攘的人流，来到位于市中心的震球商行。首先出来接待他的是震球商行经理高飞。

高飞，平潭县苏澳镇看澳村人，1916年11月生。少时在平潭、福清读书。1932年，得高诚学赏识，被送往日本读高中。1936年，高诚学任福安县长，已从日本回国的高飞随往福安，历任福安茶叶所主任、公安局股长、穆阳镇镇长等职。1943年，高诚学不幸惨遭国民党军统杀害。高飞回平潭，于1944年任平潭经征处主任。高飞和林荫曾经一起在高诚学手下共事，两人还结拜为异姓兄弟。高飞对林荫当县长后，数次指挥县自卫队袭击日船和围歼日军，颇为赞赏。但在抗日战争结束后，林荫违反民意，忠实执行蒋介石发动内战和"消灭共产党"方针，大肆杀害共产党人、进步人士和异己，高飞深为不满，乃弃职往台湾经商。震球商行成立时，为了让已经"红"了的共产党员隐蔽得更深一些，曾焕乾根据徐兴祖的建议，批准非党人士高飞任商行经理，徐兴祖任副经理。

张纬荣对高飞的情况早有所闻，高飞也听说张纬荣是福建学生运动的领军人物。两人过去虽未共事，亦未谋面，却一见如故，谈得十分投机。高飞向张纬荣介绍了商行的营业状况，张纬荣对他介绍共产党即将解放全中国的大好形势。

正当二人谈话结束之际，徐兴祖闻讯进来看望张纬荣，并为他安排住处。

徐兴祖，代号老七，平潭县流水镇山边村人，1917 年 11 月生，1939 年 6 月由闽中党组织系统的平潭负责人周裕藩介绍加入中国共产党。1945 年 2 月因周裕藩牺牲断联，于当年 8 月由曾焕乾为其重新办理入党手续。

晚上，郑杰到张纬荣住处，向他介绍近两年党在台湾开展经济工作和发展组织的简要情况。

郑杰，原名林正鼎，平潭县敖东镇大福村人，1923 年 1 月 23 日生，1941 年 9 月参加地下革命，1945 年 11 月加入中国共产党，1947 年 3 月任福长平工委委员。

郑杰对张纬荣介绍情况时说：

"1945 年 8 月，曾焕乾刚刚担任闽江学委书记时，就瞄准祖国宝岛台湾，着手向台湾开展经济工作和组织工作。1945 年 10 月，曾焕乾派党员王韬到台湾基隆筹办福兴商行。同年 12 月，他又派党员骨干徐兴祖赴台，加强对福兴商行的领导。1946 年 2 月，曾焕乾派林正纪等一批会做生意的党员到台湾。同年 7 月，曾焕乾亲自来台湾检查筹集资金情况。由于闽江工委急需一笔较大的款目，但当时福兴商行余款不足，曾焕乾同徐兴祖商量后果断地决定将福兴商行拍卖，得黄金 30 两带回来交给党组织。1947 年 2 月上旬，徐兴祖、王韬根据曾焕乾的指示，几经周折，历尽艰辛，又在基隆成立震球商行。震球商行的规模比原来的"福兴"大许多。商行开业之后，生意红火，效益可观，成了城工部的重要经济来源。仅两次就上交黄金 60 两、白糖 72000 斤、自行车 15 辆。1947 年 4 月中旬，曾焕乾派福长平工委委员郑杰赴台，在震球商行成立党支部，以郑杰为书记，徐兴祖为副书记……"

张纬荣听后表示，他一定会在商行党支部的领导下，为党筹集活动经费努力工作。

张纬荣到台湾工作一个月之后，闽浙赣区党委城工部庄征、李铁和曾焕乾等领导研究决定，派翁绳金前往台湾，发展党的组织，成立中共台湾工委，并任命他为中共台湾工委书记，统一领导台湾岛内各个党的组织，主持台湾全面工作。

翁绳金，化名杨华，平潭县中楼乡后旺久村人，1919年1月生。1946年2月，在协和大学读书时由曾焕乾介绍加入中国共产党，即任该校首届党支部委员。1947年4月，出任协大党支部书记。

1947年6月6日，翁绳金奉命来到台湾基隆，当晚就在震球商行召开全体党员会议，传达闽浙赣区党委城工部关于成立中共台湾工委的决定；传达曾焕乾对当前台湾工委工作的4项指示：①要做好在台同志的思想工作，加强同志间的团结；②要动员在台同志继续筹集资金，支持福建革命；③要了解台湾的民情风俗、地理交通，以及阶级斗争情况；④要通过在台党组织和党员同志做好台湾当地群众工作。

郑杰、徐兴祖、张纬荣、林正纪、林裕丰、陈国义、许书贤、王韬、王孝桐、林辉仁、林铁义等在台党员全部出席会议，大家一致表示拥护上级党组织的决定，坚决执行曾焕乾同志的4项指示。

根据翁绳金提议，张纬荣在会上汇报了他到台湾一个月来的感受。他说：

"到台湾这一个月来，我最深的感受是，台湾是中国神圣的领土。因为，台湾的历史和中国的历史息息相关，荣辱与共，台湾的根在大陆。台湾的最早居民直接来自祖国大陆的东南沿海地区。台湾与大陆血肉一体，密不可分。台湾的人口98%是中国汉族。台湾的语言一向通行福建的闽南语。台湾的风俗习惯与大陆同胞基本相同，一般保持福建、广东的特征，民间节庆与大陆完全一致，均以农历纪时。重要的节庆，有春节、元宵节、清明节、端午节、中秋节、重阳节等，其庆祝方式和大陆几乎一模一样。追溯历史，我国最早的史书之一《尚书》就有台湾前称'岛夷'的记载；隋朝时称台湾为'琉球'，隋炀帝曾 3 次派人往台湾；元朝时，台湾和澎湖隶属福建泉州同安县，正式成为中国行政区之一。明朝时的 1642 年，台湾沦陷为荷兰的殖民地。1661 年，郑成功率领 25000 大军，由福建厦门经澎湖向台湾进发，同荷兰军展开激烈的战斗，取得伟大胜利，沦陷了 38 年的台湾，终于回到祖国怀抱。清政府统一中国，在台湾经营 212 年，使台湾发展为我国的一个重要省份。可是，从 1895 年到 1945 年，日本侵略者占据台湾达 50 年之久。1945 年 8 月 15 日，日本无条件投降。同年 10 月 25 日，中国政府正式接收台湾省。从此，台湾人民不当亡国奴，可以扬眉吐气过日子了。台湾光复的当天下午，台湾各界在台北原日本总督府广场举行庆祝典礼，欢庆台湾回归祖国。广场上人山人海，歌声、欢呼声、谈笑声和锣鼓声汇成一片欢乐与喜悦的海洋。台湾人民从此把 10 月 25 日定为'光复节'。然而，国民党政府接管台湾这两年来，由于蒋介石及其国民党顽固派忙于打内战，消灭共产党，他们并不关心台湾人民的生活，根本没有帮助台湾恢复元气，发展经济，所以台湾物资匮乏，物价上涨，市场萧条，人民生活依然很苦。更为严重的是，国民党的'军统''中统'特务，潜入台湾各地抓捕杀害地下党员和爱国人士，弄得人心惶惶。因此，我们在台湾从事地下革命和经济工作还要保持高度的警惕。"

会后，张纬荣带翁绳金到自己的下榻处细谈。翁绳金传达了曾焕乾对张纬荣的特别问候，说留在马玉銮处的请假报告看到了，要张纬荣安心在翁绳金同志身边协助工作。张纬荣表示愉快接受翁绳金同志的直接领导。

翁绳金经同大家商量后决定台湾工委设在省会城市台北。次日上午，他就率领张纬荣等同志前往台北开展工作。

潮起潮落，转眼到了 1947 年 8 月底，翁绳金到台湾工作将近 3 个月了。根据曾焕乾临行时布置的 4 项指示，3 个月来，以翁绳金为书记的台湾工委，在发展党员，壮大党的组织；办好商场，筹集革命资金；了解台湾民情风俗、地理交通，以及阶级斗争情况等各项工作都有较大的进展。翁绳金正想请张纬荣写一份近 3 个月来的工作情况报告给曾焕乾和闽浙赣区党委城工部，突然，王诚被台湾宪兵逮捕了。

王诚，平潭人，思想进步，同曾焕乾、翁绳金、张纬荣等地下党员过从甚密。他在平潭带头参加反对林荫的斗争活动，林荫派敌特四处抓捕他，所以，他逃到台湾来谋生，租有一套较大的房子居住。翁绳金和张纬荣刚到台北，人地生疏，就住在王诚家。

翁绳金和张纬荣住下后，对王诚深入进行党纲党章的教育，启发他的共产主义觉悟，不久便经两人介绍发展他入党。

一天傍晚，王诚向翁绳金汇报，说他上午在台北农械厂门口碰到林荫县长的大秘书兼县党部执委林杰。林杰装作他乡遇故知的极度高兴样子，同他亲热地拥抱，道："我们现在都在外地谋生，往事不究，今后要互相关照，好好相处。"

"这是一个危险的信号！"翁绳金听后顿即想到林荫的魔爪已经伸到台湾来了。显然，林荫知道从平潭、福州撤出的共产党员到台湾来，所以才派林杰这样的得力干将来台湾，配合当地的国民党反动势力捕杀共产党员。他想到此便指示王诚说："你不要再去农械厂上班了。"

"台湾又不是平潭，怕什么？"王诚不以为然。

"你不能麻痹大意！"翁绳金进一步对王诚说明，"林杰说往事不究，那是此地无银三百两，这说明你在平潭反对林荫的往事他们还耿耿于怀，所谓'不究'就是'要究'。懂吗？"

然而，王诚听了翁绳金的耐心说明，依然不当一回事。第二天上午，他和平时一样，还是大摇大摆地到农械厂去上班。结果被探得清楚的林杰带领国民党宪兵将他抓捕了。

得知王诚被捕后，翁绳金预感到问题的严重性。他对张纬荣说："王诚被捕对我们很不利。他们抓王诚不是目的，而是想从王诚处打开缺口，顺藤摸瓜，抓捕我们这些共产党要员。因此，林杰是冲着我们来的。"

"你分析得很对。"张纬荣也有同感，他接着补充分析道，"林荫只知道王诚是反对他在平潭主政的政敌，根本不可能知道他已经参加了共产党。但林荫知道王诚跟你、跟我、跟曾焕乾都很要好。他认为抓到王诚就可以抓到我们这些共产党人了。"翁绳金听后点头说："这说明我们几个人在台湾站不住脚了。既然如此，我们必须妥善应变，采取紧急措施。"接着，翁绳金果断地对张纬荣道："你立即到基隆通知郑杰、徐兴祖，商行的存货要全部抛售，关闭商行；已受敌人注意的党员要分批撤出台湾。"

"是！"张纬荣也果断地道，"立即行动。"

"不过，撤离台湾是件大事，还须写信请示曾焕乾，请他批准。"翁绳金说，"你笔头尖马上写。"

张纬荣当即写了简短的信让翁绳金过目签名后寄出。曾焕乾收到翁绳金的信后立马叫林正光代他写了同意他们撤离台湾的回信。

1947年8月底，经曾焕乾批准，翁绳金、张纬荣、郑杰、徐兴祖等随带震球商行拍卖得来的80万元现款及数两黄金，乘飞机抵达厦门转回福州。其他在台人员有的潜伏下来，有的陆续乘船回大陆。

　　高飞那时还是非党群众，本来无须离开台湾。但他立志跟着共产党走，所以也跟着翁绳金、张纬荣等众人一起撤回。

　　翁绳金、张纬荣等一回到福州就将带回来的80万元现款和数两黄金全部交李铁转给党组织，作为党的地下革命活动经费。经过林正光的安排，翁绳金、张纬荣先后向曾焕乾和李铁汇报了封闭商行撤出台湾的缘由和经过，得到了曾焕乾的赞许；受到了李铁的表扬。李铁说："撤出台湾，既保护了革命同志的安全，又支援了福建革命的经费，做得很对嘛！"

第六回　调进市委　运筹帷幄

　　1947年12月，闽浙赣省委在福州郊区凤岗召开会议（史称凤岗会议），省委书记曾镜冰主持会议。省委城工部长李铁和孙道华、张纬荣等出席会议。会议决定改城工部所属的福州第一市委为中共福州市委，将城工部学委并入福州市委，由孙道华任福州市委书记。决定将原福长平工委下辖的福清工委、平潭工委和学委等党组织统归福州市委领导。决定原福长平工委委员兼学委书记张纬荣调进福州市委机关工作，负责联络福清、平潭两县城工部系统的地下党组织。

　　在这次省委"凤岗会议"上还传达了今年10月召开的省委"高湖会议"精神。"高湖会议"的主要精神是，决定省委城工部所属在各地区的基层党组织均归各地委领导，城工部机关主要骨干人员调往各地，组建各地委城工部。任命曾焕乾为闽北地委常委兼城工部部长，何友于为闽西北地委城工部部长，简印泉为闽浙赣省委机关工委书记。陈清官（关平山）为闽东地委城工部部长，陆集圣为闽中地委城工部部长。成立中共闽（清）古（田）林（森）罗（源）连（江）中心县委。省委城工部副部长林白为中心县委书记，杨华（翁绳金）、

047

郑杰、徐兴祖、林克俊、陈云耕等为中心县委委员。林中长为省委交通员，派往建瓯建立闽北交通联络站。洪通今为闽北地委交通员，跟随曾焕乾一起到闽北开展工作。

"凤岗会议"结束后，福州市委书记孙道华找张纬荣个别商量工作。

孙道华，福州市仓山人，1922年5月生，福州英华中学高中毕业，1940年加入中国共产党，从此走上革命道路。1947年2月任福州第一市委书记。他高度近视，总戴眼镜，貌似文弱书生，实则意志顽强，对革命忠心耿耿。

在商量工作时，孙道华又给张纬荣加一项任务，就是福州大中院校的城工部党组织，也由张纬荣负责联络。说是联络，实则是领导。这样，此时的张纬荣便成为福清、平潭两县和福州大中院校城工部组织的实际领导人。

这年，张纬荣刚满24岁，离开学校脱产从事革命工作还不到一年，缺乏经验，独当一面并不容易，但他勇于担当，责无旁贷，愉快地接受省、市委交给他的联络两县和福州大中学校党组织的三项艰巨而繁重的任务。

为了提高工作效率，防止顾此失彼，张纬荣花了一夜时间制订了一个切实可行的工作计划，安排了近期的活动日程表，做到有计划、有步骤地开展工作，以便全面完成三项联络任务。

在联络福州学校党组织方面，张纬荣首先策划了一个大中学校党组织负责人会议。会议于1948年元旦上午在福州鼓山涌泉寺后山的一块比较隐蔽的树林里举行。参加会议的有福建协大、福建学院、农学院、师专、音专和协职、高工、林森师范、省福中、英华、黄花岗、三一、三民等大中学校党组织负责人，共16人。张纬荣特请市委书记孙道华出席会议，传达省委"高湖会议"和"凤岗会议"精神。会议学习了《中共闽浙赣省委为开展广泛群众性游击战争，恢复与建立民主根据地的决议（草案）》文件，提出整顿组织，加强党的力量，实现学校党组织安全、巩固的目标，完成输送干部到外地开展游击武装斗争的任务。

孙道华在会上宣布，张纬荣同志代表市委，负责联络指导福州各大中学校党组织的工作，强调在当前复杂的地下革命斗争环境中，大家一定要加强组织纪律性，有事要及时向张纬荣同志请示汇报。

应到会同志的迫切要求，孙道华还在会上介绍了区党委城工部首任部长庄征出事的简要情况。

区党委候补委员兼城工部委员孟起因"布案"案发被捕之后，庄征千方百计组织营救。他向区党委提出营救孟起的3个方案：一是已知孟起关押的地点，用劫狱的办法；二是用钱买通看守人员，让孟起逃出来；三是用假自首办法，为了使敌人相信，可以考虑一两个牵涉不大的据点让敌人破坏。区党委主要领导人联想到庄征在"八二八"会议上的表现和平时的言行，怀疑庄征有严重的政治问题，进而主观武断并草率地对庄征做出3条结论：第一，庄征在"八二八"会议上大谈其城市工作的发展，锋芒毕露，居功骄傲，意在想当区党委副书记，有个人野心。第二，庄征对自首政策有不正确的言论，说卢懋榘同志坚持革命气节英勇牺牲是"小资产阶级发狂"；说海关布案由特务头子王调勋办理，他已通过陈矩孙做王调勋的工作，不会有问题。说明他与特务有不正常关系。第三，孟起突然被捕，可能与庄征有关系。孟起被捕后，他又主张让敌人破坏一些组织，办理自首手续，这是一种叛变性的主张。于是，决定调庄征回区党委机关接受审查。但在通知时只说请庄征和李铁一起来区党委开会。

庄征接到区党委通知的那天，是 1947 年 9 月 29 日，正值农历八月十五中秋节，他带着月饼和李铁一起来到区党委机关驻地林森县青口乡西台岭，两人有说有笑地走至机关门口，警卫人员只让李铁一人进去，当场即把庄征抓了起来。先由办案人员审问，佯称："中央有电报来，指出你有问题，你要如实交代。"庄征感到情况不妙，对办案人员道："我是为革命，为党的利益打算的。"拒绝承认自己有问题。接着，由区党委主要领导人亲自审问，庄征也只交代他有严重个人主义，没有叛变投敌行为，所做的事都是为党的利益考虑，是积极为党工作的。后来不给他饭吃，将他衣服剥光在棚子外挨冻，庄征才写了一份口供，称：大特务、上饶集中营教育长张超 1946 年来福州时，他通过妻子杨瑞玉会见张超，张超交代一个任务，即长期埋伏，接受内线任务；通过陈矩孙与国民党省调查室（军统）主任王调勋订立了集体求生存合同，为了巩固王调勋在国民党方面的地位，因而出卖了孟起。

区党委主要领导人对庄征的口供作了分析后认为：庄征贪生怕死，一方面做革命的事，一方面又在特务那里备案，订立集体求生存合同，脚踩两只船是有可能的，所以庄征的口供是可信的。既然口供可信，便有了"自首做特务"和"订立集体求生存"这两条"内奸反革命罪"的"证据"。

于是，区党委便以环境紧张为由，未经请示中央，前后仅几天时间便把庄征秘密处死了。

在临行刑前，庄征连声喊冤叫屈，他见人就说，"我是在威逼下才说我是'出卖孟起'的内奸特务，我这样说的动机是为了免除难以忍受的皮肉之苦。我原以为区党委主要领导人水平高，一定会为我甄别排除。没想到会把我不可能存在的事实任意上纲上线加以认定，轻率地决定要处我死刑。你们不想想看，倘若我是特务，真心要破坏区党委，首先应该出卖区党委书记，怎么会出卖还在我自己手下工作的区党委候补委员孟起呢？倘若我要抓捕区党委书记，那机会就太多了。1946年2月，他去延安路经福州时是我派杨申生护送他到苏北高邮的。出发前我严肃地对杨申生下令说，'你要用生命保证省委领导的安全'；同年9月，他从延安回到福州后，还是由我亲自护送他到南平黄连坡山头开党代会的。近两年，他常来福州，区党委也多次在福州开会，难道不是靠我和城工部的关系掩护而平安无事吗？因此，认定我庄征犯有内奸特务反革命的罪行，完全不能成立。"但是没有人理睬庄征的喊冤叫屈。

庄征最后知道自己在劫难逃，便对行刑人说，他是受冤枉的，是光荣牺牲，他死后请照顾他的妻子和小孩。并请求对他杀得好一点。最后，庄征在高呼"中国共产党万岁"声中离开了人间……

"原来如此。"出席会议的同志听了不禁唏嘘叹息。

这次"鼓山会议"上午8时开始，到10时就结束。会议结束后，张纬荣提议，请大家一起攀登绝顶峰览胜。由于出席会议的人员都是20来岁的青年人，无不热烈响应，踊跃参加。

绝顶峰是鼓山主峰，海拔919米，峰岩秀拔，峡谷幽雅，古树名木郁郁葱葱，峰顶状若覆釜，常年岚气氤氲，恍兮惚兮，仿佛仙境，风景独好。张纬荣过去来过，这次他请各院校党的负责人攀登绝顶峰览胜的意图，就是让大家感受少年林则徐爬上绝顶峰后发出的"海到无边天作岸，山登绝顶我为峰"的豪迈，领略那"东望大海，五虎雄峙；南俯闽江，渔帆点点；西眺榕城，如绘如画；北看群山，翠峰如浮"的情景，以陶冶心情，增强革命乐观主义精神。

在联络平潭县党组织方面，张纬荣经请示市委书记孙道华同意，于 1948 年 2 月初派高飞、吴兆英、林奇峰、曹于芳等 4 位平潭籍党员骨干回平潭，分别担任潭西南、潭西北、潭中、潭东等 4 个区委书记，负责建立各个区委，发展党员，组建游击武装队伍，从而在平潭点燃起熊熊革命火焰。

高飞从台湾撤回福州后，经翁绳金同志介绍，于 1947 年 9 月加入中国共产党。1948 年 2 月，他受命潭西南区委书记回平潭后，在他的家乡看澳村和邻村玉屿、土库、康安、下鹤厝等 5 个自然村发展党员 16 名。在土库建立一个党小组，后改为土库党支部；在玉屿同 1947 年 1 月吴秉瑜建立的以吴聿静为书记的党支部接上关系。高飞还组建了一支 40 多人的潭西南武工队。

吴兆英，平潭县伯塘村人，1923 年 10 月生，1947 年 2 月，他在福州协和农业职业学校读书时加入中国共产党，并担任该校党支部书记。1948 年 2 月，他受命潭西北区委书记回平潭后，在他的家乡伯塘村和邻村江楼、当盛等 5 个自然村发展党员，建立党的组织和武装工作队。其实，早在 1947 年 8 月，吴兆英就根据曾焕乾和张纬荣的指示，引导玉屿村从国民党军退伍回来的吴秉熙参加地下革命队伍，安排他以伯塘小学校长和伯塘保长身份为掩护，潜入伯塘创建革命基点村，开展地下革命斗争活动，并于 1948 年 2 月初吸收他入党。吴秉熙入党后，在伯塘村发展吴国彩、吴翊耀、吴翊成、吴翊銮、吴翊清、吴翊章、吴章根、吴章正、吴章富、吴谨材等 10 名优秀青年入党，成立了以吴国彩为组长的伯塘独立党小组，直属潭西北区委领导。党小组成为伯塘村民主革命运动的领导核心，发挥了很好的战斗堡垒作用。

在吴秉熙的帮助下，伯塘党小组组建了一支有吴国彩、吴翊成、吴翊耀、吴翊銮、吴翊清、吴翊章、吴翊爱、吴翊达、吴翊金、吴章合、吴章根、吴章正、吴章富、吴章余、吴谨材、吴谨红、吴谨俊、吴谨忠、吴家瑜、吴家温、林载福、林载寿、吴孟良、吴宜恩、吴余贤、吴水仙等26人参加的伯塘武工队，由吴国彩任武工队长，吴翊成、吴翊耀为副队长。吴秉熙加强对他们进行政治教育和军事训练。吴秉熙亲自授课，进行爱国爱民、革命气节、组织纪律性的教育。请抗日尖兵吴国彩、吴翊耀对武工队员进行作战基本知识的传授，教他们学会瞄准射击、投弹和格斗，使武工队成为一支听从地下党指挥、能够随时投入战斗的人民革命武装队伍。

伯塘党小组还发动群众斗争村上恶霸。该村有个吴姓恶霸，居然明目张胆地在村上开设赌场和鸦片馆，采取坑蒙拐骗的手段，谋取暴利，毒害村民。吴秉熙多次以保长身份对他提出警告，勒令他关门停业，可就是不听。吴秉熙忍无可忍，经同党小组研究后，命武工队将这个恶霸抓捕到吴氏宗祠（祠堂）进行批斗，受害的村民纷纷上台诉苦，狠煞了恶霸的嚣张气焰，从此伯塘村没人敢再开赌场和鸦片馆害人。

林奇峰于1948年2月受命潭中区委书记回平潭后，以中山国民小学教员为掩护，开展地下革命活动，发展了10多位党员。曹于芳于1948年2月受命潭东区委书记回平潭后，在井边村开展地下革命活动，发展了一批共产党员。

这样，平潭的革命浪潮，便汹涌澎湃地掀动起来了。

在联络福清县党组织方面，张纬荣派协职党支部书记杨清琪和党员钱博源赴福清龙田、高山一带，发动群众，发展党员，建立党的组织。杨清琪经张纬荣批准，成立以杨清琪为书记的福清县党的核心小组，统一领导福清县各个地下党组织。杨清琪还组建了一支有50多人的龙田武工队，拥有冲锋枪2支、驳壳枪4支、曲九枪1支、步枪

20 多支，并且经过军事训练，可以同敌人作战。张纬荣又派省福中党员陈汝于回福清海口上郑村和星桥村建立革命据点。陈汝于以星桥小学校长身份为掩护，开展地下革命活动，发展了 3 名教师党员，组织了一个 30 多人的武工队，已经筹集到 20 多支长短枪。后来，为了扩大革命武装，张纬荣还到龙田召开骨干会议，成立福平沿海人民游击大队。

这样，福清的革命火焰也就点燃起来了。

正当平潭、福清两县和福州大、中学校的革命活动出现大好形势的时候，张纬荣却和他的上级、福州市委书记孙道华断联了。

第七回　顾全大局　委曲求全

　　1948 年 7 月初的一天早晨，张纬荣吃罢一碗稀粥，就戴着一顶竹笠，从福州水部麦园路 5 号据点迈步前往北岭。

　　北岭位于福州北郊，旧称大、小北岭，亦称北峰。北岭山峦平地拔起，连绵不断，蜿蜒环绕，为市区天然屏障。北岭的莲花峰、板桥、降虎寨、梧桐山等处，或两峰夹峙，或傍山临谷，地势异常险峻。当地有民谣形容："北岭石阶三千三，阿爹挑担忙下山；出门月色照山路，回家日头早落山。"

　　北岭路途艰险，张纬荣早就听说，但为了寻找上级，解决归属问题，今天他是非去北岭不可的。这却是为何呢？

　　原来，1948 年 5 月初，福州市委书记孙道华告诉张纬荣，他要去省委开会，大概要半个月左右才能回来。但等了半个多月，张纬荣未见孙道华回来，还以为是会期延长了，所以他再等。然而，等呀等的，他等了两个多月，直到 7 月初，还不见孙道华回来，也没有他的任何信息。显然，孙道华失踪了。这一下，张纬荣才焦急了，焦急得食不甘味，夜不能寐。

地下革命斗争都是依靠单线联系开展工作的。同上级失去联系，好比断了线的风筝，没有归属，不知方向。没有上级领导，怎么继续开展革命工作呢？张纬荣想来又想去，就想到一位他认识的老上级。

这位老上级就是林白。他原名林威廉，福州仓山区城门湖际村人，1911年3月生，1936年参加秘密救亡团体，1938年8月加入中国共产党，1945年8月任闽江工委委员，在高湖村开展"二五"减租活动，使90%以上群众得到实惠。1947年9月，任省委城工部副部长，10月，出任闽古林罗连五县中心县委书记。现在，他正带领五县中心县委主力游击队驻扎在北岭莲花峰……

从福州水部麦园路5号去北岭莲花峰要先到新店。从新店秀山上北岭经宦溪到贵安，这是一条古道，为著名的用兵要道。古道上降虎寨雄踞隘口，前后寨门相距百米，寨门砌石一米高，两旁高山耸峙，极为险峻。

张纬荣早晨从麦园路步行出发，经新店秀山，走近降虎寨时，已经走了3个多钟头，委实走累了，真想在此歇脚一下，但想到肩负的重任又继续迈开沉重的双脚赶路。不料山雨不打个招呼就淅淅沥沥地落下来，簌簌地落在张纬荣的竹笠上还嫌不够，居然还落在他的两边肩膀衣服里，这使张纬荣不得不紧跑几步躲入降虎寨内避避雨。也是机缘巧合，张纬荣想找的林白此时也躲在降虎寨内避雨。

"学生哥，你怎么会来这里？"忽见张纬荣进来，林白深感意外。

"我专门上山来找您呀。"张纬荣欣喜地说。

"你找我有什么事？"林白指着寨内的一块石墩说，"你坐这里慢慢说。"

张纬荣点点头，但没有坐。因为早有准备，他便简明扼要地说了孙道华失踪要求归属他领导的事。林白听了之后，很干脆地回答道：

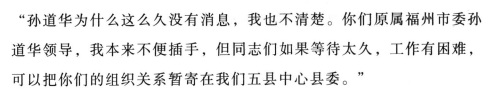

"孙道华为什么这么久没有消息，我也不清楚。你们原属福州市委孙道华领导，我本来不便插手，但同志们如果等待太久，工作有困难，可以把你们的组织关系暂寄在我们五县中心县委。"

"暂寄？"张纬荣不禁暗哼一声，但只一瞬就觉得可以接受，总算有了上级领导了，忙道，"谢谢，林书记，您为我解除了多日来的忧愁。"

"谢什么？都是为了党的革命事业嘛！"林白说，"在革命队伍里，由于目标是一致的，互相帮助都是应该的。我们五县中心县委目前也遇到许多困难，武器、粮食、经费都很紧缺，也需要大家在可能的情况下帮帮忙。"

林白说的是实话，此时的五县中心县委也同省委失去联系。林白以东岭为中心在福州周边的几个县活动，频受国民党保安团的"清剿"，经费、粮食和武器都出现困难，他也希望得到张纬荣的帮助。张纬荣听后沉吟道："那我就想想办法，看看能不能为中心县委解决一些困难。"

"那就太感谢你了。"林白听了大喜过望。

"八字还没一撇呢，您千万别说感谢二字。"张纬荣谦然说。

"你有这个想法，我就很感动，感动得非说感谢二字不可。"林白接着悠悠道，"曾焕乾对我说过：'海坛才子张纬荣多谋善断而又执着，他想做的事就没有做不成的。'"

"我哪有这样本事？"张纬荣笑道，"曾焕乾同志过奖了。"

"我现在同你说个正事。"林白道，"1946 年 10 月，曾焕乾建立的平潭县工委，因为叛徒出卖，县工委书记吴秉瑜于 1947 年 5 月被捕，便宣告消失了。现在，由于革命形势急剧发展，为了加强党对平潭革命的领导，中心县委任命你为平潭县委书记。不过，平潭国民党林荫的反动武装现在还很强势，平潭的革命环境十分险恶，此时你出任平潭县委书记，可谓临危受命，你要有充分的思想准备。"

"即便是刀山火海，只要是革命需要，我也敢跳。请组织放心。"张纬荣说了他很少说的豪言壮语。

"那就好。"林白满意地点点头。

张纬荣讲话石头雕字，句句算数，绝不食言。他离开北岭回来的当天傍晚，就派人通知高飞、吴兆英，请他俩设法帮助林白解决一些活动经费。高、吴二人闻风而动，次日就携精悍的武工队从平潭开船来福州，途经闽江口时缴获一艘官僚资本家的货轮，缴获货轮上的所有武器、粮油、货物、现金，全部缴交给五县中心县委。林白见到这批武器钱物，如同久旱遇甘霖，大喜过望，赶忙写一封信命交通员送给张纬荣以示对他和高飞、吴兆英 3 人的表彰和感谢。

张纬荣体谅林白家大业大的难处，觉得只帮一次不够，就接着策划一个大的行动帮助林白。张纬荣知道，富可敌国的平潭县长林荫拥有一艘经商的"济兴号"轮船。轮船上有大量的枪支和钱物；他也知道，轮船上配备有很强的警卫人员；但他不知道该轮船的具体情况和行踪。因此，张纬荣首先部署曹于芳、高亿坤两人负责调查。曹、高二人根据张纬荣的指示，通过内线人员配合侦察，终于探清了"济兴号"轮船的行踪和轮船上的武器装备、警卫人员等情况。听了汇报之后，张纬荣首先和高飞、吴兆英两人商量出一个必胜的秘密行动计划；然后，他向林白报告他们商订的这个秘密行动计划，请林白按规定时间率领队伍前来行动。林白听了又是一喜。于是，1948 年 8 月初的一个傍晚，伪装成国民党省保安司令部参谋长的林白，在以凌尚武为队长的魁岐武工队的配合下，率领伪装成国民党保安兵的刘文耀、张元筹、郑荫敏等 6 位随员，前往福州台江第二码头，跨上停泊在这里的林荫"济兴号"轮船，进行突击搜查，成功地收缴了轮船上的长短枪10多支和子弹8箱及其他货物，然后安全地回到高湖据点，完成了张纬荣对林白的第二次帮助。

与此同时，平潭的地下革命活动也迅速地发展起来。这就引起了平潭国民党顽固派头子林荫的惊慌，他们正密谋剿灭刚刚组建起来的平潭地下武工队。得到内线报告的这个信息后，张纬荣当即决定将平潭武工队暂时撤到福州山区隐蔽，以保存还很薄弱的革命力量。随后，张纬荣同高飞、吴兆英商量，决定把撤到福州山区隐蔽的武工队一分为二，一部分骨干队员由高飞带领到林白的主力游击队学习锻炼；另一部分学生出身的队员由吴兆英带领留在福州待命。这样，林荫妄图剿灭武工队的行动便扑个空。

1947年9月，林白在魁岐召开五县中心县委扩大会议，决定成立平潭游击队，任命高飞为队长，吴兆英为副队长，平潭县委书记张纬荣兼平潭游击队政委。张纬荣经请示林白同意，让高飞、吴兆英率原10多名武工队员，返回平潭发展游击武装队伍，建立革命根据地。因为张纬荣自己身兼福清县和福州市学校的地下党负责人，无法同他们一起回平潭，只好随带曹于芳、林斌等几位精干人员暂时留在福州工作一段时间。

有了两次成功的帮助，林白对张纬荣更加信任和倚重，一遇到困难事，就想到张纬荣。当时，五县中心县委响应省委关于"筹集革命经费支援山区游击队"的号召，林白派军事部长刘文耀坐镇福州组织经济斗争。但人手不足，获取成功的难度较大。在接受"暂寄"后，林白便命张纬荣派员协助刘文耀组织经济斗争。张纬荣接到命令，立即派遣吴兆英带领留在福州待命的武工队员协助。恰好此时林中长从南平来福州找省委，听说此事，便主动同张纬荣、吴兆英一起参加刘文耀的经济斗争活动。当时轰动全省的红色"七大案"，张纬荣和林中长、吴兆英等平潭地下党员参加了其中的 3 次。第一次是仓山尚园。尚园位于仓前山程浦头马厂街 38 号，有 3 户巨富居住。那日夜晚 8 时，张纬荣、林中长等 10 位身带驳壳枪和手电筒的地下党员，在刘文耀的指挥下，来到尚园门前，佯称是仓山调查户口的警察，高呼开门。门开后，众地下党员蜂拥入室，首先扭亮室内的电灯，把各户人员集中起来控制，然后分头到楼上各个房间搜索，尽取珍珠、钻石、翡翠、金条、银圆和金圆券。半个小时之后，众地下党员到楼下集合，把各人所搜取的贵重财物，用一条毛毡包裹着带走，运送到省委指定的一个山头据点缴交。第二次是黄山林王氏家。那日夜晚 10 点，张纬荣、林中长二人，跟随刘文耀，面蒙手巾，持枪直入林森县黄山乡林王氏家的楼上，取走其床头柜里的银圆 200 多元。第三次是三保杉木行。张纬荣、林中长、吴兆英、杨清琪等 4 位平潭籍地下党员，根据刘文耀的布置，冒着生命危险，潜入戒备森严的福州义洲三保杉木行，搞到了一批黄金、白银和金圆券等财物。从这几次的经济斗争中，表现了张纬荣、林中长、吴兆英、杨清琪等地下党员忠诚于党、出生入死的献身精神，解决了林白五县中心县委相当部分经费问题，也在一定程度上打击了国民党在福州地区的反动统治。林白听了林文耀的汇报，欢喜得只想笑。

然而，有战斗就会有牺牲。有场由平潭游击队员参加的行动失败了，一个重要的领导干部在战斗中牺牲，引起中心县委林白书记的不满。张纬荣顾全大局，经过仔细调查战斗失利的原因后，他主动向林白书记反复检讨，还购买了枪支赔偿损失，保护了手下游击队员的生命和清白。

那是 1948 年 12 月 4 日（农历十月二十二日）深夜 1 点，张纬荣刚刚躺下，尚未入睡，中心县委交通员就敲门进来传达林白的紧急命令："立即派遣 6 名海坛勇士跟随陈雄参谋长前往浮江缴枪。"

浮江，又称壶江，位于连江县琯头镇闽江入海处，地处江海交接点，面积 0.8 平方千米，是一个离大陆最近处只有 300 米的孤岛。

陈雄，原名陈启福，连江县人，1919 年生，1945 年参加革命，1947 年入党。他主动肯干，待人热情，作战勇敢，深受干部和战士的爱戴。1948 年 7 月，出任五县中心县委游击队参谋长兼军事教官，是林白最得力的军事助手。1948 年 8 月，敌人纠集一个营的兵力"围剿"北岭中心县委驻地，陈雄和林白率领 100 多名游击队员，与敌智战一天，队伍安全转移到魁岐。陈雄熟识浮江地形，又精通水性，所以林白派他率领 6 名海坛勇士，前去缴枪，料想这次浮江缴枪，犹如"探囊取物"，志在必得。

接到林白命令，张纬荣立即选派曹于芳、林斌等 6 位水性好的彪悍海坛勇士出发。临行前，张纬荣特别嘱咐曹于芳、林斌两位老党员，一定要保护陈雄参谋长的安全，保证全员平安回来，至于有无得手那是第二位的事。

然而，人算不如天算。当天下午，曹于芳、林斌等 6 位海坛勇士，从浮江一回来就沮丧地说："陈雄参谋长牺牲了。"

还没等张纬荣开口问陈雄参谋长是怎么牺牲的，就见林白派来的警卫班把曹于芳、林斌两人捆绑起来，欲行押走。

"这是怎么回事？"张纬荣见状大吃一惊，忙阻止道，"这两位同志是我久经考验的战友，有错有罪皆由我首先审问，你们不能把他们带走！"

"这是林白书记亲自下达的命令，你敢抗命不遵吗？"林白派来的警卫班长很不客气地说。

"请你回去对林白书记说，等我查清楚。如果他们真的贪生怕死，陷领导安危于不顾，导致陈雄同志牺牲，我自会亲自绑送他们交林白书记处理。"张纬荣坚定地说。

"这不行。"警卫班长说，"林白书记就知道你会阻挠，所以他特地警告我，如果抓不到他们两人就不要回去见他。"

"走就走，怕什么？"曹于芳说，"我们半点错都没有，我就不信林白书记会糊涂成'林黑'书记。"

"是呀，我们半点错都没有啊。"林斌说，"我正想向林白书记提意见呢，是他的情报有误，说什么岛上只有一个班守军，其实敌人满岛都是，而且戒备森严。"

听曹、林两人这样讲，张纬荣心中有数了。但想到"下级服从上级"的组织原则，也只好让他们俩先受委屈了。

他们俩的委屈，张纬荣很快就查清楚了。

原来，根据情报，岛上只有一个班的敌军兵力，今天黎明之前，陈雄和海坛勇士共7人，一律化装成渔民模样，驾着一艘渔船向浮江岛驶去。陈雄一上船就对大家说："现刻天还未大亮，我们悄悄上岸后，趁其不备，拔出我们的驳克枪，威逼敌人投降，缴获他们的枪。"不料情况有变，岛上敌人早有防备，而且人数也增加到50多人。我渔船刚开到敌人的射程之内，他们便向船上开枪射击，站在船头的陈雄被一枪击中要害，当场牺牲。曹于芳见岛上敌人众多，火力凶猛，登岛缴枪无望，便下令掉转船头撤退回岸。但是，正临退潮，渔船搁浅，又在敌人的射程之内，事出无奈，曹于芳只好下令弃船跳水逃命。

浮江缴枪，牺牲一位重要的领导干部，又丢了一把珍贵的20响驳壳枪，林白获悉后勃然大怒，起了疑心。心想，7人同去，平潭6人都活着回来，唯独他派去的参谋长死了。这难道没有可疑之处吗？莫非是他们蓄意谋害参谋长？再想想，觉得这不可能。那就是扔下参谋长不管，只顾自己逃命？即便不是如此，他们至少也是犯了没有保护好首长的错误。于是，他怒喊道："来人！"

"什么事？林书记！"警卫班长闻声跑出来问。

"立即把参加浮江缴枪的6个海山哥抓来关禁闭！"林白明确地下达命令。

"是，"警卫班长答应着跑下去执行命令。

"回来！"林白又高声喊道。

"怎么？不抓他们了？"警卫班长返回来问。

"不是不抓，而是只抓为首的曹于芳、林斌两人。"林白突然想起罪不罚众之说，忙改下命令。但他担心张纬荣会从中作梗，便对警卫班长补充一句，"如果抓不到他们两人，你就不要回来见我。"

所有这一切，张纬荣心里像明镜似的，什么都清楚了。他常常换位思考，自然能理解林白因失去一员德才兼备的良将和一把来之不易的好枪而生气；他也理解一个人在生气的时候智商归零，所做出的决定往往都是错的。

张纬荣一向坚持真理，坚持原则，但为了顾全大局，为了保全自己实力，他只能让步，只能曲意迁就，只能委曲求全。他别无选择，他现在要做的事，就是让林白消消气，尽快把两位无辜的战友从失去自由的禁闭室中保出来。

于是，张纬荣赶忙写了一个很深刻的检讨书，亲自带去面交给林白，接受林白的一顿严厉批评。他将一切的责任都揽在自己的身上，竟然模仿林白的口气把自己狠狠批评了一顿，弄得还在生气中的林白哭笑不得，只好说："你的心情我能理解，你回去吧。"

"那他们两位呢？我可以把他们带回去吗？"张纬荣说。

"你先回去吧，他们两人能否解除禁闭，还得看他们对自己错误的认识程度。"林白丢下这一句冷得结冰的话走了，把张纬荣扔在一旁发愣。

见林白没有放回曹于芳、林斌两人，张纬荣第二天又写一份检讨书。他连续写了 3 份检讨书，但林白还是不肯放人。后来张纬荣购买了两把驳壳枪赔偿给中心县委，林白才解除了对曹于芳、林斌两人的禁闭，释放他们回来。

不过，林白在气消了之后，想想此事处理得有失偏颇，便主动向张纬荣道歉，表现出他的襟怀坦白、光明磊落的高尚品德，令张纬荣敬佩不已。

第八回　坚贞不屈　巾帼英雄

　　话说坐落于福州市台江区夏醴泉的何厝里，是中共福建省地下党的一个重要据点，是近现代史上有名的革命之家。

　　何厝里是一座五间排三进的大宅院，聚居着何氏宗亲十余户人家。何家老大何友恭（何思贤），早年在武汉大学求学时，接受了马列主义思想。1935年，他受上海"中国现代学术研究社"的委托，回福州与郑震霆、韩南耕等人一道，在何厝里发起组织"中国现代学术研究社福州分社"（后更名为"福州大众社"），参加的有郑震霆、李天文、钱启民、林白、王一平等20多位进步青年。1936年底，"福州大众社"接受中共福州工委领导。抗日战争爆发后，在原"福州大众社"的基础上，又组建"战友社"。在中共福州工委、新四军福州办事处的领导下，"战友社"在何厝里编辑、出版宣传抗日救亡的期刊《战友》。1938年，何友恭出任中共福州南港、南屿特委书记，发展郑震霆、郑震寰、林白、吕仲凯、林永贞等多位青年积极分子入党。

　　老大何友恭是何厝里的革命启蒙人。他经常对家里人宣传革命思想，宣传共产党的主张，使这个大家庭的男女老少都一心向党，无不投身地下革命斗争。何厝里成为中共福建地下党的一个革命活动的重要据点。曾镜冰、王助、苏华、王文波、庄征、李铁、林白、曾焕乾、何友于、何友礼、杨兰珍、王毅林、陈世明等领导同志经常在这里开会，研究工作；地下党员也常来这里开会、听报告、学习党的文件、阅读进步书籍。党的重要文件、传单和党内报刊也在这里秘密印刷。

一个何厝里，先后共走出 11 位中共地下党员，其中何友于、何友礼两兄弟为党的革命事业英勇献身。

平素里，地下党组织在这里开会活动和地下党员在这里养病，一心支持革命的何家老少都积极为他们站岗放哨，照顾病人。许多同志在山上打游击累病了，饿瘦了，也被组织安排来何厝里治病、休养。而何家人总是想方设法弄些好吃的鱼肉给他们补养身体。何厝里还是革命的"临时仓库"，地下党组织筹集到的物资和药品，往往先送到这里集中保管，然后再转送到山上游击队。由于何家人人对党赤胆忠心，从 1935 年起，经历了抗日战争、解放战争，至 1949 年 8 月 17 日福州解放，他们十多年如一日，坚持不懈地做好安全保卫、食宿服务、通信交通等工作，使何厝里据点始终未受敌人破坏，一直安全地、不间断地为福建革命做贡献！

1943 年 5 月，身患肺结核的林白，由大哥何友恭的朋友郑震寰夫妇介绍来到何厝里养病长达 6 年之久。何家的六婶潘瑞珍（地下党员）专门负责护理照顾，并担任他的交通员。林白在何厝里养病期间，积极宣传革命，何家年轻一代在他的引导下，纷纷加入党的组织，从事地下革命工作。何友恭的堂弟何友礼、何友于，叔父何孝铣，堂婶潘瑞珍等先后由林白介绍入党。特别是何友礼、何友于两同胞兄弟都成为城工部的领导骨干，分别担任中共闽江学委书记、中共闽江工委委员。在 1948 年 2 月的龙山会议上，兄弟俩和庄征、曾焕乾共 4 人

一起被评为革命"英雄"。

何友礼、何友于家境优渥，父亲在上海海关工作，3个兄长都是上海圣约翰大学的高才生。因日寇入侵上海，兄弟俩才回到福建继续求学，他们天资聪慧，学识渊博，谈吐风趣，都是德才兼优的年轻革命家。

在何厝里开展革命的活动中，何家小妹何友芬格外引起何友于、何友礼的注意。何友芬于1930年3月14日（庚午年二月十五日）出生，她的父亲何孝臻是一位勤劳正直的小手工业劳动者。他在自家的院子里支着几台织布机，办起了纺织小作坊。他脑聪手巧，作坊的纺、织、洗、染、浆，样样他都拿得起，做得精。他依靠自己的精明和勤劳，维持一家衣食无忧的温饱生活，使何友芬和她的姐姐何友馨都能上学读书。何友芬的母亲董桂英出生在福州的一个医生世家，虽然没有文化，但她善良、明理，富有同情心。父母俩在何友恭的影响下，大力支持地下革命斗争。他们提供自己的房屋作为革命活动的场所，捐出卖房子的部分黄金给地下党作活动经费。其母亲董桂英还把自己最心爱的一对金手镯拿出来献给党。

何友芬自幼聪慧，有胆识，追求自由、平等。后因家道中落，读完小学四年的她不得不辍学在家帮助父亲纺纱织布。何友芬非常崇拜何友礼、何友于两位堂哥，经常协助他们做一些交通、放哨等工作。何友礼、何友于对这个小堂妹何友芬很是赏识，带回许多进步书籍给她阅读，引导她走上革命道路。何友芬后来在回忆文章中写道："在哥哥们循循善诱的引导下，我向往着一个人人平等的新社会，我慢慢看清了国民党的腐败无能，认识到只有共产党才能救中国。我开始主动协助兄长们工作，将平时储蓄的零花钱全部贡献出来作为革命活动的经费。"为了在学校开展学生运动，发展地下党力量，何友于、何友礼决定派何友芬到文山女中就读。当时，何友芬只有小学四年级的文化程度，面对文山女中严格的考试，何友芬觉得心中没有底气，由于有两位堂哥的热情鼓励和精心辅导，何友芬顺利地考入了文山女中。因为基础薄弱，何友芬开头学习比较困难，但凭她自己的聪慧和勤奋，很快就掌握了学习方法，克服了学习困难，初中第一学期的期末考试就取得全班第一名的好成绩，得到了一笔优厚的奖学金。她当即把奖学金全部上交给党组织。由于学习成绩优异，又能团结同学，第二学期开学时她就被当选为班长。这大大方便她在学生中宣传革命道理，开展学生工作。1946 年 8 月，经何友礼、何友于两位堂兄介绍和闽江工委组织部长李铁亲自谈话，16 岁的何友芬加入了中国共产党。入党后，她在学校和社会上开展募捐活动，独自为组织筹集到革命活动经费 100 万元（法币）。李铁对她表扬说："中学生中算你为组织筹集的经费最多。"在福州"三二五"学生抗暴斗争时，何友芬担任学委书记何友礼的交通员，奔走于几所中学之间，联络发动学生们参加抗暴斗争。她亲自带领文山女中的一批同学到三牧坊省福中参加集会，声援抗暴斗争。1948 年 2 月，18 岁的何友芬离开学校，脱产参加林白领导的五县中心县委游击队，同她的女战友陈宜屏一起负责五县中心县委驻榕办事处工作。驻榕办就设在离三叉街不太远的下藤路陈宜屏亲戚家的楼上。主要任务是建立据点，筹集经费，接待来榕的地下革命同志。

在驻榕办工作期间，何友芬认识了张纬荣等几位平潭同志。何友芬第一次见到张纬荣，是 1948 年 2 月在林白当时住的三叉街梁岳英家。虽然只是惊鸿一瞥，但何友芬和张纬荣两人相互间都留下美好印象。1948 年春夏之交，何友芬和陈宜屏一起到麦园路 5 号据点，看望从北岭山头下来养病的周则霖同志。当时，张纬荣和林中长、吴兆英、杨清琪等平潭同志也住在这个据点里。随后，何友芬和陈宜屏两人租赁在斗池乡的一个工人家里居住。不久，张纬荣等平潭同志也全部转移到斗池乡这个工人的大房屋里。为了安全，何友芬到乌山路福州师专找地下党支部书记袁永年打证明，盖上师专学生会公章，证明她和陈宜屏以及张纬荣等平潭同志都是福州师专学生。此时，张纬荣等平潭同志经常跟随中心县委军事部长刘文耀出去行动，往往三更半夜才回来。何友芬、陈宜屏和董必英（何友芬的表姐、地下党员）常从家里拿些食物出来供他们夜宵。天气渐冷时，何友芬、陈宜屏和张纬荣他们一起为山上林白游击队筹集御寒衣服。何友芬见林中长的字很像堂兄何友礼的笔迹，就请林中长假冒其堂兄来信要寒衣，老祖母以为是何友礼的亲笔信，便从家里拿出一批寒衣交给何友芬。何友芬还用多种办法弄来的羊毛线，请陈文相爱人陈茂蓉为山上游击队编织毛背心。师专袁永年也为山上游击队购买一批卫生衣。这些御寒的物资筹集齐全后，林白就派交通员王振祥同志下山来取。但因寒衣太多，装寒衣的包袱太大，王振祥同志一出斗池据点的门就被当地痞子扭到派出所邀功领赏。由于搜出包袱里有支手枪，警察认定王振祥是共产党游击队，将之拘押受审。

发现王振祥在斗池据点门口被捕后，张纬荣和何友芬等同志当即转移到麦园路5号据点居住。因为经常在一起工作，张纬荣和何友芬彼此之间就萌生相互爱慕的感情。在张纬荣的眼里，出身于革命之家的何友芬，美丽、聪慧、淳朴、活泼，对革命有火一般的热情，是一位人见人爱的好姑娘。而张纬荣在何友芬的心目中，用她后来在《怀念纬荣》的文章中的话说："纬荣在我的印象中，是一个文质彬彬的书生，忠诚、质朴、不爱讲话。但有一股对革命事业极端热忱的气魄。他乐于助人，对革命同志十分关心。由于五县中心县委游击队驻地北岭被国民党军'围剿'，林白命我负责隐蔽从山头撤下来的郑其土同志的4位家属，但隐蔽地点有很大困难。张纬荣知道后，主动帮助我找隐蔽地点。他连夜带我到高飞同志的福州岳母家，但到了其岳母家后，发现他们也有困难，张纬荣又携我到南公园林文海的母亲林起素家，请她支持安排，最终得到了妥善解决，张纬荣才放了心。张纬荣对革命必胜的信心很足，整天总是乐呵呵的，常常低声浅唱革命歌曲，我不会唱歌，他总是鼓励我大胆唱，还教我唱《在太行山上》。像他这样的青年才俊，哪个姑娘与之交往会不动心呢？"然而，在当时艰苦险恶的革命斗争环境下，他们只好把自己的感情深深地埋在心底，谁也不敢表露出来。

1948年12月3日（农历十一月初三）晚上，何友芬和陈宜屏一起住在道山路净慈庵陈宜屏外婆处。当晚9时许，五县中心县委组织部长陈屏繁到这里对何友芬说，他从陈矩孙处获悉，螺洲陈永春被捕叛变，供出陈炳茂等同志，要她明早赶去螺洲通知陈炳茂等同志转移。随后，陈屏繁还拿出一本《文萃》刊物，指出刊物中的一篇文章，叫她交给朱晨将此篇文章翻印成小册子。

次日深夜1时，一阵粗暴而急促的敲门声，把何友芬和陈宜屏俩从睡梦中惊醒了过来。她们两人已经警觉，慌忙起床，迅速处理文件书籍，将烧文件的纸灰扔到马桶里，把革命书籍藏在敌人搜不到的暗洞里；然后准备从后门逃跑。但是，一群5名特务在当地保长的配合下已经撬开大门冲了进来。他们用6支手电发出的强光把何友芬和陈宜屏两人照得睁不开眼，当即被逮捕押送到锦巷市刑警队，分别关在相邻的两个阴森森的原是破庙宇的房间里。有几个举着手枪的特务轮番进来对何友芬恶声训话，说她是女共产党，要如实坦白交代云云，何友芬不予理睬。但从隔壁传来审讯陈宜屏的声音中，听到了有陈炳茂等几个地下党员的名字，何友芬心里才焦急起来。她在心里说，敌人没有我的证据，我一定要设法出去报信。等到敌人传她审讯时，何友芬一口咬定自己和陈宜屏互不相识，她是来这里玩的，因为母亲信佛，她常陪母亲来净慈庵，才与这里的尼姑认识。昨天她去城里姑婆家，回来时路过净慈庵便逛进去听故事听晚了而留宿庵内。

次日，12月4日，早上7时许，由于没有证据，也没有口供，特务只好让何友芬的父亲花一笔钱保释她回家。何友芬释放回家后因担心特务跟踪，什么地方也不敢去。但她心系战友们的安全，便请姐姐何友馨到南公园林文海母亲家据点通知平潭张纬荣等同志，做好同志们的撤离和隐蔽工作。又请表姐董必英、表妹陈美华，分别为她通知螺洲陈炳茂、师专陈子京（女）等同志隐蔽，严防特务搜捕。还请表姐到师专对面的一位群众家里，了解郑其土家属4人是否已经被接走。

然而，师专的陈子京还是被捕了。她受市刑警队副队长林从铭的欺骗，在审讯时说出她与何友芬有联系的秘密。这就使何友芬在回家后的第二天（12月5日）早晨再次被捕，押送到市刑警队拘审。

这次被捕，何友芬心里已无甚牵挂。她知道该转移的同志们都已安全转移，自己该办的事情都已经办妥了，现在只身来对付敌人，大不了个人光荣牺牲，党组织也不会因自己被捕而受到什么损失。

然而，这次对何友芬的审讯和上次大不相同。因为有陈子京的口供，敌人已经认定何友芬是一位女共产党，所以说何友芬狡猾，拒不坦白交代等等，很快就对她进行刑讯逼供。先是灌水，接着是熏火塞鼻、鞭打手心等酷刑，并且还用香火烧焚威胁她。但何友芬意志坚强，她为了信仰早已把自己的生死置之度外。面对严刑拷打，难忍剧痛，她坚贞不屈，岿然不动，始终咬紧牙关，拒不承认自己是中共地下党员，更没有供出其他同志，也没有暴露党的任何机密，表现出一个共产党员的铮铮铁骨和赤胆忠心，连行刑者都不禁暗暗赞叹："巾帼英雄啊！"

张纬荣听说何友芬被捕，不禁大吃一惊。连日来，他为她的安危而担忧，也曾积极设法营救她。但由于形势所逼，他必须立即撤回平潭开展工作，只好暂且作罢。

市刑警队审讯何友芬一筹莫展，便于 1948 年 12 月 9 日上午，将她移送到鼓楼市警察总局拘留所女监关押。关进女监后，何友芬认识了早已关押在里面的廖怀玉、邱文平、潘玉清等老同志。廖怀玉是一位具有丰富对敌斗争经验的老同志，在狱中极受狱友们的尊重，大家都尊称她为大姐，在她的领导下开展狱中斗争。邱文平被关押一年多，受尽酷刑折磨，始终不承认自己是地下共产党。潘玉清文化高，经常对大家讲革命气节的故事。也关在这里的陈子京，是师专学生，会编曲，还会教唱歌。大家经常唱的革命歌曲，有《跌倒算什么》：

跌倒算什么？我们骨头硬，爬起来，再前进。

生要站着生，站着生；死也站着死，站着死。

跌倒算什么？我们骨头硬，爬起来，再前进。天快亮，更黑暗，路难行；跌倒是常事情，情常事。

跌倒算什么？我们骨头硬，爬起来，再前进。

这首歌以坚决果断的节奏，短促有力的乐句，表现了人民在与国民党反动派斗争中不屈不挠的精神，在狱中唱这首歌对狱友起到了坚定胜利信心，鼓舞革命斗志的作用。

时序已进入 1949 年春天，面对人民解放战争的节节胜利，国民党军政人员纷纷寻找后路。女监看守被廖大姐做了工作，偷偷订了一份《星闽日报》送进来。狱友们看了报纸，知道革命形势急剧好转，曙光就在眼前，无不欢欣鼓舞。敌人提审时，发觉她们个个口气突然都强硬起来，怀疑将有什么行动发生，便于当晚进行突击搜查。幸好有女看守在外面高声嚷嚷，使她们警觉，忙把书报藏在被褥下，人躺在上面睡觉。特务进来时，由廖大姐站出来，拿着《圣经》与他们理论。特务找到一本巴金小说《春》，摔在地下厉声问："这是什么？"廖大姐冷笑一声反问："这是禁书吗？你连这个都不懂，可笑你无知至极。"特务被反问得哑口无言，狼狈离开，斗争又一次取得胜利。

"国共谈判期间释放政治犯"的信息传来，狱友们在高兴的同时也做好为革命牺牲的思想准备。因为她们知道，敌人为了发泄怨气在临解放时把她们杀害也不是没有可能。她们当时虽然对牺牲了就看不到中华人民共和国感到有点惋惜，但想到为革命牺牲是光荣的，也就心安理得，无所畏惧了。不过，这种"可能"的情况后来没有发生，何友芬和她的狱友们终于在 1949 年 2 月春节前夕释放回家。

出狱后，组织上安排何友芬到连江县大澳乡以当小学教师为掩护开展地下革命活动。陈宜屏则安排在连江县丹阳山区从事地下工作。1949 年 3 月，何友芬陈宜屏一起回福州，看到街上出现所谓"林白是特务"的闽中党组织布告，以为是国民党妄图离间我们地下党组织搞的鬼。后来，接到朱晨同志的通知，才知道发生"城工部事件"，要立即隐蔽起来，既要防国民党特务镇压，又要防闽中党组织错杀。何友芬和陈宜屏就藏身在何厝里的一个夹壁里，由何友芬的父母日夜拼着性命守护。

何友芬被捕后，她负责联络的几个据点无一暴露，她负责的几个联络人都及时安全转移。1949 年 5 月，何友芬由林逸森、张友仁两位老战友担保，证明她在狱中对党的忠诚，回到了东岭游击队。当时东岭游击队队长是江枫。

江枫，原名王家喜，平潭县澳前镇光裕村人，1920 年 11 月 5 日生，中共党员，原在台湾以宜兰中学数学教师身份为掩护，配合四川马识途（现年 106 岁，著名作家，中共地下党员，中华人民共和国成立后任四川省委宣传部长等职）开展党的地下斗争，台湾"二二八事件"后被通缉，潜回大陆，由张纬荣介绍上东岭，历任东岭游击队文化教员、副队长、队长兼工委书记。

当时东岭游击队的副队长就是林逸森（螺洲人）。

江枫队长安排何友芬担任东岭游击队政工干部，但实际上却让她负责一个药箱，整日忙着为游击队员治病换药疗伤，充当一名游击队医护人员。

1949 年 7 月初，中国人民解放军 31 军情报处长丛德滋率领侦察营在连江潘洋与五县中心县委接上关系。随之，31 军 91 师侦察科长菊维聪就带领一个侦察排前来和东岭游击队会师。从此，东岭游击队肩负起配合解放军解放福州周边县镇的重大任务。具体工作是：反击敌人进攻，巩固根据地；配合侦察排侦察敌占区兵力部署情况；筹集粮食支前；组织民工修桥铺路，迎接南下解放大军的到来。

8 月 14 日上午，近千人的南下解放大军浩浩荡荡地开到东岭地区集结，他们的炊事班自带大铁锅煮干饭，但没有菜下饭，他们只好到山上摘地瓜叶做菜。游击队杀了几头大肥猪送给解放军改善生活。当天晚上，部队首长召开战前动员大会，鼓励战士们勇敢作战杀敌。

8 月 15 日早晨 5 点，部队开始向闽安镇开炮进军。东岭游击队配合解放军参加战斗，何友芬和陈宜屏、施作师等 3 位文职人员跟随民运科长一路筹粮。民运科长用特制的粮票向农民借粮，说粮票以后可以抵公粮。当地群众无不踊跃把自己家里的粮食拿出来借给解放军。天气炙热，战斗激烈。战士们在前方打战，民工们送茶水、馒头和炮弹到前线。8 月 15 日当天下午，闽安镇就解放了。接着，乘胜前进向马尾开战。8 月 16 日中午，马尾区也解放了。一路跟随部队打到马尾的何友芬被安排在"军民联合办事处"工作，戴上红袖套，配合解放军做俘虏官兵的思想工作。

8 月 17 日，福州解放后，何友芬被分配到第四（闽侯）军分区文工队工作，穿上了久盼的草绿色新军装。1949 年 11 月，何友芬调到军分区后勤处财务科任审计。这是后话。

第九回　机智脱险　返岚擎旌

　　1949 年 1 月 3 日，为了开辟第二战场，支援农村游击战争，平潭县委书记张纬荣在福州水部林文海母亲林起素家的据点里举办党训班，以提高即将投身农村游击战争的党员政治思想水平。参加培训的有严子云、张锡九、林智纯、郑熙玉、施修骏、林位恩、陈立平、刘子辉、林定谟、许书贤、陈木生、刘维钧、柯长萌、林其英和汤朱毅等 20 多位平潭籍党员。办班的经费由张纬荣向其父亲张经本要到的一只 2 两重金手镯解决。学习文件是油印的毛泽东《新民主主义论》《论人民民主专政》《改造我们的学习》《反对自由主义》、刘少奇《论党》、艾思奇《大众哲学》等。张纬荣亲自讲课，他在讲课中特别强调地说："共产党员要经得起革命的长期性、复杂性和残酷性的考验。"张纬荣的这句话给与会党员以深刻的教育。办班期间，水部林起素家的据点暴露，党训班转移到鼓楼中山亭下的一个革命老妈妈家里继续举办。1 月底，党训班结业分配工作，严子云、张锡九、林智纯、郑熙玉等 4 人分配到闽北林中长处工作；刘维钧、许书贤、林定谟、陈木生等分配到东岭徐兴祖处工作。其余同志则分别到福清杨清琪和平潭高飞处工作。

从 1949 年 1 月底党训班结束到 2 月初这一周时间内，张纬荣在福州从几位老战友处听到了一系列不好的消息。

其一，福建党内发生"城工部事件"。1948 年 4 月，由于省内陆续发生省委常委兼军事部长阮英平将军被害和闽北游击支队从浦城返回地委机关途中遭敌伏击、闽西北游击纵队长沈宗文被敌诱捕、闽清县委在麟洞被敌破获等几桩事件，闽浙赣省委误认为是城工部派上山的党员骨干所为，便怀疑城工部组织有问题，并且做出决定："城工部是'红旗特务组织'，虽然不是城工部每个人都有问题，但一时难以分清，从安全着想，对派上山的城工部人员都要紧急处理；要解散城工部组织，停止城工部党员党籍，不许他们再以党的名义进行活动，立即通知各地执行。"城工部长李铁和曾焕乾、孙道华、何友于、何友礼、洪通今、陈书琴等城工部领导骨干就是这样被"紧急处理"而遇难的。

其二，1948 年 12 月，林白从庄弃疾处听到大批城工部骨干被错误处理的信息之后没几天，就接到省委要他上山开会的通知。通知说："从老赵（庄征）、李铁变质以后，和你失掉了联系，现在有要紧事情需要你上来开会。如情况实在不允许时，先写一份社会调查报告给省委。"林白明知此次上山凶多吉少，有万般的危险，还写了一份遗书放在衣袋里，内容是："十多年来虽无功，亦无过。审查好后给我声明。我领导下的小鬼关系，希党接上。"他把自己的生死置之度外，随时准备牺牲，毅然应命上山，接受省委的审查处理。

其三，1949 年 2 月 1 日，福州街头出现由黄国璋、林汝南、陈亨源三人署名的《闽浙赣游击纵队闽中支队司令部布告》。布告中宣布城工部副部长、五县中心县委书记林白是特务，要缉拿归案法办。

张纬荣对闽中党组织的《布告》很反感，他认为把党内斗争捅到社会，捅给敌人，做出"亲者痛，仇者快"的事，是很不妥当的；他也认为林白不可能是什么特务，但是，林白正在受审查，又有此《布告》，张纬荣也只好同五县中心县委暂时切断了关系。这样，平潭党组织再次同上级党组织断联，成为一个没有"娘"的孤儿。

一向乐观的张纬荣，听到这些不好消息，也难免一时忧心忡忡。但他知道，革命的道路尽管如何曲折，而革命的前途一定是光明的，所以他很快就调整了心态，坦然地面对革命路上的艰难险阻，勇往直前。

1949年2月5日早晨7点，张纬荣回到麦园路5号据点。此时，在这里养病的周则霖已经病愈归队。据点里只有房东老大娘（江桂松的母亲）一人。这位房东老大娘善良而勇敢，她帮助地下革命同志非常尽心尽力。去年为了工作方便，杨清琪还认这位房东老大娘为干娘。房东老大娘，见张纬荣回来，忙拿出一封信对他说："昨天（2月4日）下午有个青年哥来这里找你，他见你不在，就留下这封给你的信后走了。"

"谢大娘。"张纬荣接过信件时顺便问，"这位青年哥有没有说他名叫什么？"

"他没说名字，但有说他姓钱。"房东老大娘如实回答。

"喔，"张纬荣点点头后心里道，"姓钱？莫非是钱溥源？"

张纬荣猜测的没错，送信给他的青年哥正是钱溥源。他本是张纬荣直接领导的城工部地下党员，去年2月派他到福清龙高一带配合杨清琪开展游击武装斗争。不久前，他被闽中党组织控制，审查后担任专门负责通知城工部骨干"归案"的闽中地委交通员。

张纬荣当即拆开信件一阅，只见上面写道："张纬荣，请你见信后速来闽中地委福清北山据点开会。否则，一切后果自负。陈亨源。"

面对闽中地委的咄咄逼人通知，张纬荣将做出如何抉择呢？

据公开的史料记载：中共闽中地委通知张纬荣去闽中地委开会，"张纬荣接到通知后，因不知底细，便作了研究分析，认为可能林白个人有问题，或者城工部组织与闽中党组织有什么误会，在这真假难分的情况下以不去为好，所以张纬荣没有到闽中去。随即他回到平潭与高飞、吴兆英研究，决定暂时停止用党的名义活动，设法找闽中地委陈亨源联系，请求谅解。同时继续发展武装斗争"。

真实情况正是如此。张纬荣一向善于思考，不愿意盲从。他知道下级要服从上级，个人要服从组织，但地下党组织都是单线联系，他的上级依次是曾焕乾、孙道华、林白，而不是陈亨源。他从来都不属于闽中地委领导，陈亨源凭什么要对他发那种强硬语气的"开会通知"？他从孙道华上山开会"有去无回"的前车覆辙中，已经悟出"开会通知"就是"诱捕杀头"的代名词。张纬荣入党后早已把自己的生死置之度外，他根本就不怕死，但他认为死要死得其所，死得有意义，死得光荣，死在同敌人拼搏的沙场上，而不是死在同为建立新政权而奋斗的自己人的手中，做无辜的牺牲。他知道，世界从来都不属于无辜者。

于是，张纬荣当机立断，果断决定拒绝执行闽中地委"开会通知"，当天傍晚7点就回到岚岛玉屿村据点，坐镇指挥平潭革命斗争。

1949年2月5日晚上，张纬荣一回到玉屿据点，不顾一天长途跋涉崎岖山路和乘坐颠簸海船的劳累，连夜召开平潭游击队领导班子会议，向高飞、吴兆英和吴秉熙等同志传达福建党内发生"城工部事件"等情况，提出继续发展平潭武装斗争等有关事项的意见。

根据张纬荣提出的意见，经过大家认真讨论，会议做出把平潭游击队改称为平潭人民游击支队及其有关事项的决定。

平潭游击队是1948年9月五县中心县委魁岐会议决定成立的。5个月来，他们发扬自力更生精神，白手起家，创建武装，队伍不断发展壮大，已经成为一支敢于同国民党反动军队公开对抗的300多人武装队伍。为了适应队伍的发展壮大，平潭游击队改称为平潭人民游击支队。由高飞任支队长，张纬荣为政委，吴兆英为副支队长兼副政委，吴秉熙为副支队长。但由于福建党内发生"城工部事件"，为了淡化党的色彩，争取闽中党组织的谅解和支持，支队正副政委对外改称为正副政治主任。下设4个连，3个组。第一连连长吴国彩，指导员王祥和；第二连连长高名乾，指导员林奇峰；第三连连长吴章富，指导员陈孝义；特务连连长高名山，指导员高名峰。后勤组组长吴孟良，卫生组组长蒋美珠，总务组组长吴秉汉。

会议还研究支队领导分工，张纬荣管政治，高飞管组织，吴兆英管经济，吴秉熙管军事。这样，平潭人民游击支队，便在"张高吴吴"组成的黄金搭档班子的领导下，开始了同国民党反动派进行不屈不挠的斗争。

没想到的是，闽中党组织专门派来抓捕张纬荣归案的"杀手"就于次日下午而至。

1949年2月6日下午，"张高吴吴"4位平潭游击支队领导正坐在玉屿据点里开会，忽见"杀手"气势汹汹地冲进会场，拿出陈亨源授给他的驳壳枪，朝着张纬荣的脸面，一本正经地宣布道："奉闽中地委之命，我今天专程回来抓捕城工部骨干张纬荣归案，请你们几位同志大力支持，密切配合。"

"你敢？！"吴秉熙见状忙忙站起来，把张纬荣拖到他自己的背后，也拔出手枪来对着"杀手"的鼻子道，"看看你老七的枪快，还是我老金的枪快？"

老七，是徐兴祖的代号，老金是吴秉熙的代号。

"你们都不要开枪。"张纬荣趋前抓住吴秉熙举枪的手，对徐兴祖说，"老七，你今天既然是奉闽中地委之命，专门回来抓捕我，那好，我跟你走就是了。何必动枪？"

"政委，你不能跟老七走。"吴兆英说。

"老七，你疯了？你今天别想把政委带走。"高飞厉声道。

"我没疯，我是奉命行事，身不由己啊！"徐兴祖说着把驳壳枪"啪"的一声放在桌面上。

"抓人总有个理由吧。"吴兆英问，"闽中地委为什么一定要抓捕我们的政委？"

"理由只有一条，那就是因为张纬荣是福清平潭两县城工部的领导人，是城工部的重要骨干。"徐兴祖说。

"你徐兴祖是城工部五县中心县委委员，连罗边工委和东岭工委书记，难道不是城工部的重要骨干吗？为什么闽中地委一定要杀张纬荣，而偏偏不杀你老七呢？"吴兆英问。

"谁说偏偏不杀我老七？"徐兴祖说，"1949 年 1 月 16 日，我和江枫在东岭游击队驻地被钱溥源带去闽中地委接受审查。经过半个月的严格审查之后，闽中地委宣布江枫审查通过，获得闽中党组织的信任，委派他取代我担任东岭游击队队长兼政委，并负责把东岭游击队改名为'闽浙赣游击纵队闽中支队司令部第十三除暴队'。而对我徐兴祖呢？虽然原是闽中地下党员，却宣布要等我为闽中地委办完一件要事之后才能决定是否审查通过。也就是说，办好了这件要事，就算审查通过，将受到闽中党组织的信任，出任平潭县委书记；办不好呢？则要提头来见闽中党组织的老大陈亨源……"

"他们要你办什么要事？"未等徐兴祖说完，高飞便插话问。

"他们要我办的要事，"徐兴祖说道，"就是要我回平潭传达闽中地委的命令，抓捕城工部重要骨干张纬荣归案。"

"那你就答应了？"吴秉熙说着就挥起右臂怒骂道，"你这个卖友求荣的老七，先吃我老金一拳。"

"秉熙同志，你别焦急，让老七把话讲完！"张纬荣忙阻止吴秉熙，没让他的铁拳挥下。

"哎呀，你们真的以为我老七是那种人吗？"徐兴祖委屈地倒提起驳克枪缴交给高飞，道，"这是我老七献给平潭游击队对付国民党顽固派县长林荫的见面礼，请你们收下我这把专杀张纬荣的枪，也收下我这个事出无奈的老兵！"

"那你刚才所说的都是骗我们？"高飞接过徐兴祖交来的驳壳枪问。

"骗也没全骗。"徐兴祖接着进一步说明了原委。

原来，闽中党组织执行去年4月闽浙赣省委的决定，把城工部当成"特务反革命组织"，认为城工部的重要骨干都要紧急处理，否则将危害革命。而张纬荣正是这样一个需要紧急处理的重要骨干。前两天，闽中地委专门派钱溥源送开会通知到福州麦园路5号据点，可张纬荣收到开会通知之后却置之不理，拒绝前去福清北山闽中据点接受审查，这使老大陈亨源气得七窍冒烟。他在福清县内布下抓捕张纬荣的天罗地网，每抓一个平潭籍的城工部党员，就以抓捕张纬荣归案作为解脱自己的条件。但张纬荣已经回到平潭，且手中有一支300多人的英勇善战武装，闽中党组织的武装力量有限，对平潭鞭长莫及。因此，他派老资格的徐兴祖回平潭传达闽中地委要抓捕张纬荣归案的命令。徐兴祖原是平潭革命先驱周裕藩发展的闽中党组织系统的地下党员，1945 年 2 月周裕藩牺牲后断联，改属曾焕乾领导，成为城工部系统的党员骨干。徐兴祖当然知道张纬荣不是特务反革命，他也知道高飞、吴兆英会坚决拒绝闽中党组织抓捕张纬荣的命令，因此，为了解脱自己，徐兴祖巧施"金蝉脱壳"之计，同闽中地委周旋，假装愿意充当"杀手"，返回平潭抓捕张纬荣，以便趁机逃脱闽中党组织的控制……

一场虚惊过去了，遇险不惊的张纬荣，终于在这次闽中党组织非捕杀他不可的行动中"死里逃生"了。

第十回　白手起家　组建武装

夜已深，万籁俱寂，玉屿根据地的父老百姓都已经进入甜蜜的梦乡了，但张纬荣和他的战友高飞、吴兆英、吴秉熙，以及留下来当高参的徐兴祖等 5 人，却围坐在队部的小楼里开筹备会，研究明天，1949 年 2 月 25 日，上午举行"平潭人民游击支队成立大会"的有关事项。

张纬荣主持今夜的筹备会议，并首先发言。他说："明天成立大会，我建议由吴秉熙同志主持，议程是：吴兆英同志宣读支队对各连连长、指导员和各组组长的任命，高飞同志做"白手起家，创建武装"的主旨讲话。我在大会最后对大家讲讲形势。大会议程这样安排，你们有何意见？"见大家都表示没有意见，张纬荣接着说："现在请高飞同志把明天的讲话稿念给大家听听，看看有什么修改补充没有。"

高飞拿出一叠讲话稿，道："我手中这份'讲话稿'，是政委和我一起起草的。其中心内容，就是回顾 5 个月来我们'白手起家，创建武装'的历程。现在我来给大家宣读一遍。"

1948 年 9 月，根据闽浙赣省委关于"广泛开展群众性游击战争"的决议，五县中心县委"魁岐会议"决定成立平潭游击队，命张纬荣为政委，高飞为队长，吴兆英为副队长。此时的平潭游击队，只是一个空架子，3 位队领导都是"光杆司令"。但从 1948 年 9 月至 1949 年 2 月，仅仅 5 个月，我们白手起家，经过多方面的努力，从无到有，从小到大，终于创建起一支敢于同国民党军队公开对抗的 300 多人的党领导的人民革命武装队伍。

第一，努力招收游击队员。

1948 年 9 月中旬，魁岐会议一结束，我们就力邀在福州东岭等地的平潭籍武工队员 10 多人参加新成立的平潭游击队。9 月下旬，高飞、吴兆英率领这 10 多位游击队员回到平潭之后，立即商请吴秉熙出任副队长（不过当时没有对外宣布），并通过吴秉熙和吴聿静等老地下党员，把伯塘、玉屿、看澳、土库和大福等村的武工队员和老游击队员吸收进来，使平潭游击队伍很快就扩大到 130 多人。10 月初，成立以高飞、吴兆英为正副书记的平潭游击队党支部，发展新党员，加强党的领导力量。10 月中旬，高飞、吴兆英在看澳村马祖庙敲锣放炮开会，宣布平潭游击队成立，公开树立起同国民党顽固派林荫对抗的革命旗帜。随之队伍不断发展壮大，至 1949 年 2 月 5 日，张纬荣政委回到平潭时，平潭游击队员发展到 300 多人。由于队伍发展壮大，决定平潭游击队改称为平潭人民游击支队。

第二，努力筹集枪支弹药。

1948 年 9 月刚组建时，高飞、吴兆英联袂到土库村朋友处"借"来土式长枪 3 支。这是最初的武器，平潭游击队就是从 3 支土枪起家。10 月下旬，玉屿村吴聿静移交来原游击队的长枪 9 支，短枪 5 支，子弹 2 箱。11 月初，大福村林性品移交来原大福武工队的长枪 7 支，短枪 3 支，子弹 2 箱。

1949 年 2 月 12 日，支队领导获悉流水东尾村的大户人家有购置一些枪支弹药看家护院，忙派遣特务连的吴章灼、阮邦恩等 22 位游击队员，化装为修船工人，前去"借"枪。出发前，副支队长吴秉熙对他们面授机宜。进村后，根据吴秉熙的嘱咐，吴章灼、阮邦恩首先同该村的一位地下党员接上关系，取得他的密切配合和鼎力帮助；然后以招揽修船生意为名，22 位游击队员分别进村调查，摸清藏枪户的情况。本来打算在第三天汇总摸清的情况后，再分工到藏枪户动员他们把枪"借"给游击队。不料，第二天傍晚村上就来了 40 多位国民党自卫队员，并且驻扎了下来。吴章灼、阮邦恩等大吃一惊，心想，莫非有人告密，把他们的借枪行踪暴露给国民党政府？后经打听，方知林荫也获悉东尾村大户藏有武器，怕被我游击队取走，特派他的自卫队抢先一步前来收缴。然而，他们的行动还是慢了一步，当他们进村的次日上午开始命藏枪户缴枪时，那村上各大户藏有的武器长枪 20 支、冲锋枪 1 支、子弹 3 箱已经被我游击队"借"走了。

原来，第二天傍晚，吴章灼、阮邦恩见村里来了敌人，便提前于当天夜里组织全体队员分头对藏枪户做深入细致的思想工作。他们以解放战争我军节节胜利的不争事实，启发他们认清蒋家王朝很快就要完蛋的形势，说明只有跟着共产党走才有光明前途，单靠几支枪看家护院是没有用的。有枪的大户听了都觉得有理，无不争先恐后连夜交出各自所藏的枪支弹药。那位地下党员早就备了一艘"海山鼠"渔船，所借的武器和游击队员一起装上船，披着夜色运送至潭水村溪口角海滩。上岸之后，吴章灼挑着两箱子弹，阮邦恩背着冲锋枪，其他 20 位游击队员各背一把长枪沿着芦洋蒲回到了玉屿村队部。

这样，平潭游击支队的武器，包括从苏澳米船上缴获的长短枪各

3 支在内，就有长枪 43 支、短枪 11 支、冲锋枪 1 支、子弹 6 箱，再加上自制的大刀人手一把，虽然武器仍嫌不足，难以主动出击，但可以对付来侵之敌。

第三，努力开辟革命根据地。

革命根据地是游击武装赖以生存和发展的基础和保证。我们选择玉屿村作为根据地的中心村，把队部和营房设在玉屿村上。其缘由，一是玉屿村地处潭西南土库、看澳、鹤厝、康安一带的中心；二是玉屿村具有优良的革命传统，群众基础好。

1938 年春天，玉屿村进步青年吴秉图经何胥陶介绍加入闽中特委党组织和闽中特委游击队。不久，回平潭以玉屿村为据点，秘密组建海上抗日游击队，为抗日救亡而战，由此拉开了玉屿村革命武装活动的序幕。1940 年 12 月，吴秉图奉闽中特委命令，率领由吴聿静等 24 位村里青年组成的队伍，打入北霜敌支队司令部，展开策反工作，不幸因叛徒告密，除吴聿静一人脱险外，吴秉图及其他 23 位队员全部被国民党军杀害。1946 年 10 月至 12 月，地下党平潭县工委书记吴秉瑜，多次回玉屿村发动群众，宣传革命真理，吸收村里 12 位进步青年入党，并于 1947 年元旦成立玉屿村党支部，由吴聿静任书记，吴聿杰、吴吉祥、吴秉汉为委员。1947 年 3 月，为了组织平潭武装暴动，吴秉瑜在玉屿村组建了一支有 60 多名队员的平潭革命游击大队，大队长吴聿静，副大队长吴聿杰、吴吉祥，政委吴秉瑜（兼），并购置了 10 多支长短枪和一些子弹，还制作了一批大刀和土地雷。

1948 年 9 月，吴秉熙同志奉命回玉屿村同吴聿静接上关系。在吴秉熙和以吴聿静为书记的党支部的坚强领导下，村民们筑碉堡，挖地洞，制大刀，练枪法，群情振奋，锐不可当。为了建筑玉屿战备碉堡，全村群众纷纷献工献物资，日夜赶修，终于建筑了山仔顶、厝后山、南海山等 3 个大碉堡。同时还挖掘了坪顶、垦仕前、官仔岩、马鞍山、寨山等 5 条前哨壕沟；并且在村里的主要路口暗设鹿钉、电雷。吴秉熙还深入群众做细致的思想工作，动员吴自由、吴咸辉、吴咸宜、吴辉炳、吴秉汉、吴聿止、吴邦旺等 7 位玉屿村民，把稍宽的房屋让出来给游击队作营房。那时候，玉屿村民都很穷，但他们心中都有一个共同的信念，为了光明的未来，都乐意支援革命，都愿意为革命牺牲一切。有的村民不但把房子让出来当营房，而且还主动捐钱捐物给游击队。支队部设在吴自由让出来的大房子楼上，其母亲主动看守门户。她在大门后挂一个门铃，遇见陌生人来访，便拉响门铃示警。她还为游击队送饭、洗衣等，样样都干，同志们称赞她为"革命妈妈"。这样，一个以玉屿村为中心，连同毗邻的土库、看澳、鹤厝、康安、江楼、当盛等 6 个基点村合计 7 村连片的革命根据地便开辟成功了。此外，还有伯塘、大福、大富等处基点村，虽然地域不相连，但可发挥外援力量。从此，玉屿村成为敌人不敢轻易冒犯的铜墙铁壁，成为海坛岛的"延安"，成为平潭人民前进的灯塔。

第四，努力解决粮食。

游击队粮食起初没有来源，开头都是依靠游击队员各自从家里带地瓜片来缴交解决。但是，有许多贫穷的队员，家无隔夜粮。有的队员家道虽然较丰，但其家却在敌占区，也不便回家取粮。

1949 年 2 月，支队领导正为缺粮发愁之际，获得情报的队员吴祖芳回来报告说："苏澳街国民党林正乾自卫队驻房门前的澳口上，停泊着一艘米船，船上载有大米 300 担（15 吨，3 万斤），是林正乾奉林荫之命购买的，尚未运走。如能够把船上的 300 担粮食劫取到手，游击队缺粮的难题就迎刃而解了。不过，米船上配有护船的长短枪各 3 支，还有林正乾自卫队 100 多号兵在岸上虎视眈眈地监守，要去夺粮无异于'虎口取食'。"许多同志听了都难免惊叹："难啊！"但吴秉熙听了却胸有成竹地笑道："天赐我游击队呵！"问他有何妙计？他笑而不答，只对高飞耳语一阵。

次日早晨，大家刚起床，就看到一艘米船停泊在玉屿澳岸边，吴秉熙正通知大家到澳口搬回大米。

原来，吴秉熙向高飞献策，设计劫粮行动的时间定在敌人熟睡未醒的次日凌晨时分，参与劫粮的人员分掩护和行动两组。次日时辰一到，两组便分头行动。第一组为掩护组。由吴秉熙带领高忠立等5位游击队员，化装成砍柴的农民，身上暗藏武器弹药，埋伏在下苏澳的山头上，负责对付一旦向行动组开枪的林正乾自卫队，实施火力支援，以牵制岸上的敌人。第二组为行动组。由吴兆英带领吴孟良等5位特别勇敢的游击队员，化装成讨小海的渔民，驾驶一艘小船，迅速向米船靠拢。趁米船上的船工还在睡梦之中时，突然一跃而上，把睡眼惺忪的船工关在舱内，警告他们不许乱说乱动。当即将锚索砍断，把米船开出苏澳港，升起风帆，向玉屿澳急急驶去……

高飞念完讲稿后，张纬荣接着说："高飞同志刚才讲的这些成绩，都是高飞、吴兆英、吴秉熙3位在家的同志组织地下党员和游击队员干出来的。我回来之后，开了几场座谈会，听了大家的汇报，综合整理成这个稿子，让高飞同志明天在大会上说说，意在总结成绩，鼓舞士气，以利再战。大家看有什么修改补充没有？"

"讲得很全面了，我没有补充。"吴兆英说。

"我也没有补充。"吴秉熙接着说，"由于闽中党公开贴出林白是特务的《布告》，平潭国民党林荫当局看了大造舆论，说我们平潭共产党是'断了线的假共'，这使部分同志对革命前途产生怀疑，出现消极悲观情绪。加上根据地粮食缺乏，生活艰苦，少数意志不坚定者产生离队念头。因此，我建议政委明天在大会上要多讲当前大好形势。"

"是的。明天的成立大会，就是要大讲成绩，讲大好形势，鼓舞士气的大会。"张纬荣说，"事实上，当前全国解放战争形势大好。从 1948 年 9 月 12 日至 1949 年 1 月 31 日，历时 142 天，人民解放战争中的辽沈、淮海、平津三大战役，已经取得了伟大胜利，共消灭（含起义、投诚）国民党军 154 万余人。国民党赖以维持其反动统治的主要军事力量已经基本上被消灭。三大战役的胜利，奠定了中国人民解放战争在全国胜利的基础。全国革命胜利的曙光就在眼前。但是，革命的道路是复杂曲折的，平潭的革命形势还处于黎明前的黑暗时刻。由于福建党内出了'城工部事件'，平潭地下党领导的平潭人民游击支队就面临着'党内取缔'和'党外围剿'的两面夹攻危机。不过这个危机只是暂时的，因为真金不怕火炼，任何误会都不会长久。只要我们坚定自己为成立新中国和实现共产主义而奋斗的理想信念，具有不怕任何困难险阻的坚强革命意志，坚决同国民党反动做斗争，危机就会很快过去，平潭的解放不但毋庸置疑，而且指日可待……"

"喔——"张纬荣主持的这个深夜会议随着报晓公鸡的头叫声结束了。

第十一回　临危受命　决一死战

"限四月初十之内，消灭林荫反动武装部分或全部。陈亨源。"

上面说的四月初十是指农历，而公历则是 5 月 7 日。

这是 1949 年 4 月 22 日，为了配合中国人民解放军南下作战和考验平潭城工部领导的革命武装队伍，闽中支队司令部向平潭人民游击支队下达的一道命令。

为了统一指挥闽中各县的人民游击武装，经闽浙赣省委批准，闽浙赣人民游击纵队闽中支队司令部（简称闽中支队司令部），于 1949 年 2 月正式成立。省委常委、闽中地委书记黄国璋为司令员兼政委，地委副书记林汝南为副政委，地委委员陈亨源为副司令员。因黄国璋治伤离开闽中，支队司令部由副司令员陈亨源负责。

执行这道闽中支队司令部命令的难度很大，一是限定时间短，下达命令的时间是 4 月 22 日，距限定时间 5 月 7 日，只有 15 天；二是敌强我弱，双方力量悬殊。

平潭游击队自 1948 年 9 月成立以来，在党组织的领导下，从隐蔽到公开，从 10 多人发展到 130 多人，又由 130 多人发展到 300 多人，并在玉屿、看澳、土库等 7 个村庄连片建立革命根据地，成为一支敢于同国民党反动军队公开对抗的人民革命武装。但是，他们的力量还是十分薄弱，武器装备很差，只有 1 支冲锋枪、40 多支长枪、10 多支短枪。而平潭国民党反动武装队伍有 600 多人，枪支弹药充足，仅机枪就有 21 挺。由于敌强我弱，双方力量悬殊，要在这么短的时间内消灭林荫反动武装部分或全部，解放平潭岛，谈何容易？弄不好就会全军覆没。

由于敌我力量过于悬殊，平潭人民游击支队指战员中难免有部分人产生畏难情绪，个别人说："这是鸡蛋碰石头，根本没有胜算，千万不可轻举妄动。"

然而，4 月 23 日晚上，政委张纬荣接到这个有很大难度的命令后，却满怀喜悦地在支队领导成员会议上说："这是天赐我平潭地下党和游击队走出困境的良机。"

"是呀，这个命令虽然有点'苛刻'，但却来之不易，是政委一直争取的结果，是吴兆英同志冒着杀头危险换来的，珍贵啊！"高飞有感而发。

高飞说得一点也没错。今年 2 月 5 日，张纬荣回到平潭后，面对闽中党企图取缔平潭游击队和捕杀自己，他一点也不怨恨被称为"老大"的陈亨源副司令员。张纬荣知道这位老革命和自己没有个人私怨，张纬荣理解他之所以那样极端对待自己，是因为他忠实执行闽浙赣省委对城工部的错误决定。张纬荣无私无畏，不但胸怀大度，而且远见卓识。他想到平潭是孤悬海外的岛县，县内回旋余地很小，平潭革命队伍必须以大陆为依托，能进能退，方可立于不败之地。当形势不利时，就必须撤到邻县福清、长乐等地，而这些地方都是闽中党组织的势力范围。不取得闽中党组织的谅解，则无退身之地。所以，他必须争取闽中党组织对平潭地下党和游击队的谅解。为了取得谅解，他不厌其烦，在一周之内连续写了3封信给陈亨源副司令员，反复说明平潭游击队是坚决同国民党反动派做斗争的人民革命武装，以他为县委书记的平潭地下党员是为成立新中国和实现共产主义而奋斗的中国共产党党员，所做的一切都是为党为人民利益着想的，同国民党特务毫无瓜葛。先后3封信发出去后，石沉大海，都没有回音，他怕信没有收到，又写一封长信派熟悉闽中司令部驻处的党员刘子辉面交给陈亨源，信交了，但刘子辉却有去无回。在此情况下，副政委兼副支队长吴兆英冒着牺牲之险，亲自前往闽中司令部陈情，说明平潭游击队是人民革命武装和政委张纬荣不能杀的理由，终于获取了这一道用"同国民党反动派战斗中证明自己"的"苛刻"命令。

高飞有感而发后，张纬荣接着说："闽中支队司令部下达这道命令的本身，就说明他们已经承认我们是闽中支队的下属部队，虽说是考验，其深意是要争取和团结我们。那么，作为一支由中国共产党领导的革命队伍，上级党组织的命令又必须坚决服从。如果不执行上级的命令，不消灭林荫国民党反动武装，闽中党组织就不会相信平潭人民游击支队是中国共产党领导的人民革命武装，而要取缔我们。因此，我们必须坚决接受这个命令，破釜沉舟，与敌人决一死战。你们的意见呢？"

"同意，同意。"高飞、吴兆英、吴秉熙和徐兴祖四人异口同声。张纬荣最后说的这段话，是支队领导们的共识，没有谁有丝毫的迟疑和犹豫。

4月24日上午，高飞主持召开支队全体指战员大会，政委张纬荣在大会上作战前动员报告。他说："虽然我们游击支队力量薄弱，武器装备很差，两军力量悬殊，但我们的优势还是很多的。第一，当前全国革命形势大好，1949年1月31日，辽沈、淮海、平津三大战役胜利结束，歼灭国民党主力150多万人，为共产党解放全中国奠定了基础。同一天，北平和平解放，昨天（4月23日）南京解放，现在南下解放大军势如破竹，全国革命胜利的曙光已经显现在我们的面前，这将鼓舞我们游击队指战员为胜利而英勇战斗。第二，我们平潭游击队指战员，都是在惊涛骇浪中成长的海坛健儿，本来就英勇顽强，加上当前处于内部取缔和外部'围剿'的'两面夹攻'险恶环境之中，这就激励我们指战员'背水一战'，不怕牺牲，破釜沉舟，决一死战去夺取胜利。第三，我们游击队的指挥员都是革命知识分子，熟读兵书，善于用计，用了计就可以像曹操、诸葛亮那样，四两拨千斤，以弱胜强，创造胜战奇迹。第四，曾焕乾3年前派吴秉瑜回平潭组织武装暴动，做了大量有效的准备工作，后来由于'码头事件'而流产，但打入敌人武装队伍中的内应人员，没有暴露；为暴动而建立的统战关系，依然存在，这就为我们这次解放平潭打下了极为有利的基础。"

4月24日晚上，张纬荣主持召开第二次支队领导成员会议，讨论制订作战方案。张纬荣首先发言，他说："由于我们支队没设参谋长，只有主管军事的副支队长。因此，负责制订作战方案的任务就落在主管军事的副支队长吴秉熙同志身上了。但由于作战方案关系到作战的成败，所以这几天我们全体支队领导干部都要动动脑子，考虑这个作战方案的问题。"

"我赞同政委的意见。"支队长高飞首先表态，他表态后接着说，"我要补充说的是，制订作战方案要走群众路线，请秉熙同志召开一个连长指导员会议，发动大家献计献策。"

"政委和支队长说的意见都很好。"副政委兼副支队长吴兆英表态后接着说，"我认为，我们也要发动潜伏在县城的地下党员、内线

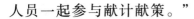

人员一起参与献计献策。"

"兆英同志的意见很好。知己知彼，百战不殆。马上通知潜伏在县城的林祖耀同志回玉屿汇报。"张纬荣接着道，"我再强调一下，这次我们同林荫反动武装作战，只许胜利，不许失败。我们必须制订出一个切实可行的确保胜利的'以弱胜强'的最佳作战方案。秉熙同志，你就多多辛苦了。"

"为支队作战出谋划策，是我的本职工作，义不容辞，何来辛苦之说？"副支队长吴秉熙承诺道，"请政委和同志们放心，我会尽我所能，为支队设计出一个攻城良策。换句话说，我会制订出一个'以弱胜强'的攻城作战最佳方案。"

"我知道吴秉熙同志讲话算数，'一诺千金'。"张纬荣从口袋中拿出一本小册子递给吴秉熙道，"这本《三十六计》，是一部集历代兵家诡道之大成的兵书，总结了以往战争中施计用诈的实践经验，包含有朴素的军事辩证法思想。现送给你参考。"

"谢政委。"吴秉熙接过书道，"这真是及时雨啊！"

4月25日晚上，潜伏在县城的地下党员负责人林祖耀回玉屿根据地，向张纬荣、高飞、吴兆英、吴秉熙等支队领导汇报敌情，使他们对林荫在潭城的兵力布局和武器装备情况有了精确的了解。

为了制订攻城的作战方案，张纬荣和吴秉熙多次同连排干部座谈，广泛听取大家的建设性意见，使他们的思路得到进一步启发。到了4月28日，一个缜密的解放潭城的"作战方案"，便在支队领导的脑子里形成了。

4月30日晚上，高飞支队长主持召开连长指导员以上干部会议，由吴秉熙副支队长在会上宣讲支队解放潭城的"作战方案"要点。

方案要点之一，确定举事的日期为5月7日。

这是闽中支队司令部限定的铁的时间，不能推迟，由于要做大量的准备工作，也难以提前。当然，如果遇到特殊情况，就必须根据新的情况提前或推迟。

方案要点之二，确定进攻的时间为晚上。

这是由于武器装备悬殊之故。我方以大刀为主，武器差，白天作战必然吃亏，只能选择夜战、近战，利用夜色作掩护，与敌人作近距离的拼搏，可以避我枪支弹药不足之短，扬我指战员作战勇敢、武器以大刀为主的优势。

方案要点之三，确定作战的主攻方向为县城中正堂。

平潭国民党武装在县城的布点，除了林公馆的林荫私人卫队之外，还有3处：一是中正堂，驻有自卫队1个中队2个分队100余人；接兵连30多人；盐缉队10多人，合计150多人。二是警察局的警兵40多人。三是参议会炮楼守兵10多人。

中正堂是1946年3月建筑的独立大楼房。整座楼坐东朝西，前半部为木石结构的三层楼房，后半部为长38.8米、宽18米、高9米屋架结构的大会堂，是当时县内屋架跨度最大的建筑物。在国民党统治时期，它是驻兵、集合和大型活动的场所。中正堂的四周没有围墙，同民房隔开比较远，便于布兵包围。只要能够冲进中正堂的大会场内，就可造成"关门打狗"之势。中正堂里虽有驻兵150多人，但兵分3股，各自独立，指挥不统一，战斗力不强。而且，中正堂内的自卫队里有我潜伏的地下党员杨建福同志，可以"里应外合"拿下中正堂。只要拿下了中正堂，夺取3股敌人的枪支弹药来装备自己，驻在潭城的其他两处的敌人武装，就不足为虑了。何况中正堂里还封存着大批的备用武器。中正堂楼层高，又处于县城中心，拿下了中正堂，就等于控制了整个县城。因此，我们的主攻方向定为县城中正堂。

方案要点之四，确定这场战役的计策为以"调虎离山"为主的"连环计"。

在敌我双方的作战中，向来没有道德禁区。要打胜仗，就要用计。用了计，就可以四两拨千斤。在"以弱胜强"之战斗中，历来都是"计取"为主，"力敌"为辅。

根据内线人员林祖耀、杨建福等同志的报告，解放县城的拦路虎有大、小两只，都要分别采取"调虎离山"等连环奇计把他们搬掉，方可取胜。

"大虎"是林荫及其私人卫队，虽然其私人卫队只有30多人，但他们都是林荫的亲信，个个勇武过人；而且武器装备特别精良，战斗力极强。林荫本人又是军事科长出身，善于指挥战斗。如果林荫不离开县城，当我们攻打"中正堂"的枪声一响，他就会指挥其私人卫队和县上其他反动武装一道出来援救，那就麻烦了。因此，我们必须以"打草惊蛇"之计将林荫和他的私人卫队调离县城。

"小虎"是驻扎在中正堂里的中队长林诚仁。他是林荫的得力干将，如果不把他调离，在我们围攻中正堂时，他就会指挥其部属士兵顽抗，使潜伏在自卫队内担任第一分队长的地下党员杨建福难以发挥作用。如果我们袭击中正堂时，中队长林诚仁不在，作为第一分队长的杨建福，便有权代表中队长林诚仁下令缴械投降。当然，开战时如果林诚仁在场，杨建福也可命亲信把他当场杀掉，不过这样做杨建福便暴露了自己的身份，有可能反被林诚仁的保镖杀害，那风险就太大了。那么，如何调离这只小老虎呢？杨建福同志知道林诚仁的德行：好色、嗜赌、鸦片瘾。所以想了一个"美人计"，将他诓出中正堂……

方案要点之五，确定采取各个击破，速战速决的战术。先歼县城之敌，后歼农村之敌；县城中先攻中正堂，后打警察局。县城之战限

3 小时内结束，以防农村之敌赶到增援，造成腹背受敌。

方案要点之六，300 多人游击队伍分为两个梯队开战。第一梯队 117 人先出战，由分管军事的副支队长吴秉熙为主指挥；第二梯队 180 多人，由玉屿党支部书记吴聿静负责带领为后续增援……

"这些作战方案要点都是绝对的军事机密，一旦被泄露，那就千里筑长堤，功亏一篑了。所以要严守军事机密，做到攻其不备，出其不意，一举成功。"张纬荣政委在吴秉熙宣讲"作战方案"要点之后，强调地对连以上干部说了这一番话。

作战方案既定，指战员们便分头行动。

连长们日夜带领本连队攻城队员操练夜战、近战的拼杀武艺。

玉屿党支部书记吴聿静组织村里能工巧匠打制大刀、戈矛。

高参徐兴祖带几名战士前往连江丹阳和福州东岭分别向杨华连罗游击总队和江枫游击队借枪。

5 月 1 日，高飞、吴秉熙带领一个 20 多人的小分队突然袭击林荫小舅子高尚民的江楼老家，抄走他家的全部武器，并放出空气说近日就要抄林荫的豪宅"荫庐"。林荫在老家官井村盖有一座华丽的双层楼房，称荫庐，其门、窗、外墙、内壁的石雕异常精美，乃当时全县第一豪宅。距其小舅子家江楼村仅 500 米之遥。林荫果然中计，他听到风声之后，次日就携夫人率私人卫队 30 多人，浩浩荡荡地回到离县城 10 千米的官井村老巢驻守了。

那时，平潭城关有位名闻全县的大美人陈玉钦，许多国民党军政官员中的好色之徒无不借故一睹其风采，甚至有人企图一亲其芳泽。但其丈夫韩桢琪武艺高强，是位十分了得的人物，曾任县自卫队中队长，所以谁也不敢对其美妻轻举妄动。1943 年，韩桢琪因参与地下党领导人曾焕乾策划到南澳缴枪，被林荫革职开除，现赋闲在家。他有心参加共产党领导的革命队伍，但同曾焕乾失去联系，一时报国无门。韩桢琪正为此闷闷不乐之际，林祖耀、杨建福根据张纬荣和吴秉熙的指示，一起来到他家，动员其妻陈玉钦为革命当一回"美人计"主角，没想到一说两口子就满口答应。于是，给他一笔经费，由其夫妇联名邀请县自卫队中队长林诚仁夜里到他们家喝酒、抽鸦片、打麻将。林诚仁早就看上大美人陈玉钦，对她有非分之想并非一日。现有这个美事，他正求之不得，岂肯拒邀失之交臂？所以，从 5 月 1 日起，林诚仁便夜夜到韩桢琪家，由貌若仙女的大美人陈玉钦亲自陪他喝酒、抽鸦片、打麻将，玩乐个通宵。本来，林荫曾经对林诚仁下过"坚守岗位，夜住中正堂"的严格命令，可他经不住美女、美酒、美烟之诱惑，便把上峰的严令置之脑后，借故委托其手下第一分队长杨建福代他"坚守岗位"了。

　　5 月 3 日凌晨，张纬荣亲自带领陈孝义、吴吉祥、吴孟良 3 人潜入县城检查内线工作的落实情况。

　　5 月 4 日午饭后，高飞、吴兆瑛、吴秉熙等 3 位在家的支队领导一起来到队部，正坐下来准备商量事情时，忽见陈孝义等 3 位队员慌里慌张地跑进来报告："政委被国民党海上巡逻警抓走了！"

　　"啊！"仿佛晴天霹雳，高飞等 3 人见说都忍不住惊叫起来。政委是他们的最高领导人和主心骨，在这关键的时刻被抓，对于即将举事的平潭游击支队，无疑是个重大的打击。愕然许久，高飞方问陈孝义："政委究竟是怎样被抓的？"

第十二回　以弱胜强　创造奇迹

陈孝义汇报了政委张纬荣被捕的经过。

原来，奇袭中正堂，解放平潭县城的作战方案确定之后，张纬荣深感这场"以弱胜强"的战役，内线的默契配合是至关重要的一环。他为人颇有诸葛亮"事必躬亲"的风范，便于5月3日凌晨携陈孝义、吴吉祥、吴孟良等3人潜入县城检查内线工作的落实情况。他在县城不敢久留，检查完毕，得出"内线布置就绪，可以如期举事"的结论之后，便于5月4日早晨到东坑澳口乘坐小船，准备从海路回玉屿。没想到小船刚离岸不久，一艘国民党警察巡逻船便迎面驶来。为了避免被敌船撞上，张纬荣下令调转船头往回开。敌船见小船形迹可疑，就加速追逐小船。慌乱中小船在一处沼泽海滩搁浅。小船一搁浅，4人都马上脱鞋下水奔跑。不料只跑几步，张纬荣的左脚就被暗藏沙滩上的尖利蛎壳划破，血流如注，刺痛难忍。他咬牙忍痛，踉踉跄跄地上岸后，便再也走不动了。陈孝义等3人都过来要背张纬荣走，但他怕连累大家都走不成，无人回去报信，影响举事大局，便以组织的名义，命令陈孝义等3人立即分散回去，向高飞等支队领导汇报检查结果，举事不可拖延。下完命令，张纬荣强行至一个隐蔽的山洞里躲藏起来。陈孝义等3人都有意把上岸的敌人引离山洞，但狡猾的敌人却循着地上的血迹寻至洞口把张纬荣控制，送到巡逻船上……

听完陈孝义的汇报，高飞、吴兆英、吴秉熙等支队领导当即商议应变计策。他们分析，平潭国民党当局一定会对政委下毒手，一定会从政委突然回城这个行动中引起警惕，加强防备。他们一致认为，如不先下手为强，不但政委性命难保，而且进攻县城也难以成功。为了营救政委，确保解放平潭县城之战一举成功，研究决定提前两天于5月5日夜间发起攻城。

为了适应提前两天举事，确保攻城一举成功，高飞、吴兆英、吴秉熙3位支队领导经研究决定，举事前应该做好7项准备工作，并分工狠抓落实。

第一项，会餐壮行。这天是新历5月4日，是攻城的前一天，正逢立夏节气，平潭农村有过"夏节"吃好饭的习俗。为了给指战员壮行，支队借过"夏节"的名义，杀了一头大肥猪，调出库藏大米200斤煮干饭，配猪肉，给游击队员傍晚会餐，改善一下生活，以鼓舞指战员的战斗士气。

第二项，战前动员。会餐后，全体游击队员集中到后山碉堡开会，听取吴秉熙副支队长作临战时的动员报告。他在动员报告中强调说，决定战争胜败是人不是武器。我们虽然武器装备不如林荫国民党兵，但我们游击队员个个都是不怕流血牺牲的英勇战士，一定会取胜的。

第三项，发动报名。动员报告后，请大家自愿报名参加攻城战斗。一下子报了117名。这117名经吴兆英审查全部被批准参加攻城战斗。

第四项，组织敢死队。在参加攻城的117名队员中，采取自愿报名和组织审批相结合的办法，选拔一不怕牺牲、二身体健壮、三武艺高强的 40 人组成敢死队。敢死队由吴秉熙副支队长总负责，命吴国彩为敢死队队长，下分 4 个小组，由吴翊成、高扬泽、吴秉华、吴国彩（兼）等为小组长。敢死队每人配备大刀一把、长枪 1 支（队长和小组长配短枪）、子弹 20 发。

第五项，整修武器。发动同志们开展"磨刀洗枪"竞赛。磨刀和洗枪两项各设一、二、三等奖，得奖者分别奖励猪肝、猪肚、猪大肠各半只。那一夜，玉屿村响起的磨刀声不绝于耳。

第六项，队伍布局。117 名攻城队伍兵分 3 路：第一路，由吴秉熙带领敢死队队员 40 名，攻打中正堂，由潭城北门进；第二路，由吴兆英带领游击队员 30 名，包围郑叔平县长公馆，由城南进；第三路，由高飞带领游击队员 30 名，包围警察局，由城南进。另外再组织两个班，分别由吴秉汉、吴秉信带领负责封锁参议院炮台和县政府。没有参加攻城的游击队员 150 多名由吴聿静负责留守玉屿根据地，等下半夜再组织这些留守游击队员和根据地群众在 6 日拂晓前赶到县城助战。

第七项，大造革命舆论。5 月 5 日上午，由吴兆英和吴秉熙各带领一个小分队分别到城东龙王头和城北红山仔等城郊张贴《中国人民解放军布告》（即约法八章），并召开群众会，宣传发动群众支持革命，告诉群众南京已于 4 月 23 日解放，渡过长江的 30 万解放大军正向南方各省进军，全国很快就会解放。

1949 年 5 月 5 日，这是一个载入福建革命史册的光辉日子。这日，当凝重的夜幕降临之际，经过挑选的 117 名平潭游击健儿，人手一把大刀，另加 1 支冲锋枪，10 多支短枪，40 多支长枪，在高飞、吴兆英、吴秉熙的带领下，由霞屿地下党员施修骏带路，沿着一条前人没有走过的海边野径，神不知鬼不觉地向平潭县城悄悄进发。

　　将近夜半，队伍到达潭城的城郊，高飞命令暂停前进。先派一个行动组进城割断敌人的电话线，使他们不能互相联络。

　　待到6日深夜1点，县城解除戒严，巡逻哨皆已撤除，大队人马方迅速地摸进城里。在吴秉熙的指挥下，以吴国彩为队长的40名敢死队队员很快就把鹤立鸡群般的中正堂层层包围起来。敢死队第一组吴翊成、吴聿杰、施友声、庄家祥等4人首先匍匐在南面墙脚的水沟中，然后爬行到中正堂大会场为主出入的南边大门附近埋伏下来。此刻，只见两个敌哨兵面朝门外警惕地站着，不好动手。"莫非他们已知今晚游击队会来奇袭？"埋伏在离门最近的吴翊成心里正嘀咕时，忽见两个敌哨兵转身面朝内点火抽烟。说时迟，那时快，吴翊成一马当先，从沟沿飞跃而起，向大门冲去。不料却被转身的敌哨兵发觉。他们边喊口令边关门。可吴翊成上半身已在门内，下半身还在门外，使敌哨兵无法把门关上。此时，敢死队员施友声等人已至门前，合力把大门推开。吴国彩等敢死队员蜂拥而进，一起高喊："缴枪不杀。"但楼上敌人闻声用机枪封锁大门，冲在最前头的吴翊成面部中弹，子弹从他的左边脸打进去，从右边脸穿出来，整张脸都打烂了，鲜血泉涌，眩晕倒地。然而，队员们个个奋不顾身，冒着机枪弹雨开始了事先策划的各个击破的战斗。最先被消灭的是住在楼座下面的接兵连。他们刚从睡梦中惊醒过来时便在冰冷的大刀下当了俘虏。接着，准备解除住在舞台上的盐缉队。但是，盐缉队长惊醒后用2支驳壳枪向敢死队员射击，吴国彩胸部中弹受了重伤。但他不下火线，忍痛冲上去用大刀砍断盐缉队长的两根手指，并缴了他的2支驳壳枪。敢死队员随之冲上舞台，活擒了全部盐缉兵，结束了楼下的战斗。再接着，攻克住在楼座上的强敌自卫队。该自卫队有100多人，装备精良，宿营于关了楼门的楼座上。他们个个荷枪实弹，居高临下地防守，敢死队难以占便宜。幸好，临时行使中队长职权的地下党员杨建福，一直扼制自卫队开枪，可有一机枪手名叫林其太，是敖东芬尾人，仍然时不时向南边大门口射击。杨建福见状狠甩他一个耳光，骂道："笨猪，楼下油灯昏暗，怎能辨认敌我？且双方正在肉搏，即使白天，也难开枪。谁敢不听从命令，我就毙了谁。"经这一打一骂，楼上才没人敢开枪。此时，杨建福见火候已到，忙吹哨下令："为保兄弟们性命，全中队缴枪投降。"杨建福带兵恩威并重，不但在第一分队说一不二，第二分队的分队长和许多班长，都是他的结拜兄弟，所以无人不服从他的命令；当然，在大势所趋中也无人不顾惜自己的生命。因此，全部投降了。一场奇袭中正堂的战斗仅仅两个多小时便胜利结束了。战斗中，吴国彩光荣牺牲，吴翊成、高扬寿、庄家祥负伤。

6日凌晨3时，中正堂战斗结束后，游击队员立即用缴获的枪支弹药武装自己，使他们如虎添翼。此时，天刚麻麻亮，乘胜前进的游击队员便把县警察局团团包围了。警察局内有武装警兵40多名，他们获悉中正堂驻军已经全部投降，都吓破了胆，岂敢贸然反抗？高飞为了避免不必要的伤亡，立即派施修骏、吴聿杰进去劝说局长游澄清，要他务必在上午8点前投降，否则将强攻警察局。游澄清乃林荫的亲信，本属顽固派，可此刻，他见形势不妙，又有我内线人员陈徽梅、施修若两个警官在旁劝说，不禁萌生了投降之意。但他又怕承担投降的责任，被林荫怪罪查办，故迟迟不肯投降，待拖延到8点时限，方推托说："只要郑县长下令，警察局就投降。"

游澄清的话音刚落，县政府秘书高蔚龄便破门而入，向他交了郑县长的手令。游澄清惊愕地接过一看，只见上面写道："速速缴械投降，切切勿误！郑叔平。"

游澄清看了郑叔平县长的亲笔手令，无话可说，便命令全体警兵放下武器，向游击队投降。但游澄清此时不解，作为林荫的第一亲信，郑叔平为何同游击队配合得这么默契，莫非他也是"共产党"？

当然，郑叔平不是"共产党"，他的投降也是事出无奈。就在高飞带领一批游击队员包围警察局的时候，另一批游击队员在吴兆英的带领下，冲进了郑叔平的公馆，向他宣传全国革命形势和我党优待俘虏政策，要他立即释放张纬荣，限他8点之前投降，并要他命令县警察局警兵和县参议会炮楼士兵向我缴械投降。此时，同我党有统战关系的高蔚龄、吴自寿（县副参议长）、林培青（县教育科长）等开明人士也一起撺掇郑叔平向我游击队投降，并答应给予优待条件，保他平安无事，否则将对他大大不利。

郑叔平，平潭大中人，福州英华中学毕业，文人出身，颇为开明，在此大势已去的情况下，他便一一点头照办。在释放了张纬荣之后，他急急写了两份手令，分别命警察局和参议会炮楼缴械投降。所以，上午8时，驻县城敌军便全部消灭了。

张纬荣获救之后，知道同志们为了营救自己提前两天攻城，他十分感动；获悉攻城取得巨大胜利，他非常高兴。但他没有被胜利冲昏了头脑，一见到吴兆英跑来迎接，张纬荣就对他说："立即调兵布阵，反击林荫将率部前来围城反扑。"

正如张纬荣和吴秉熙等支队领导所料，上午11时，驻守官井的林荫惊闻县城失守，便亲率私人卫队和驻苏澳的林正乾自卫队共400多人赶来县城反扑。全副武装的平潭人民游击支队，早作严密部署。他们在张纬荣和高飞、吴兆英、吴秉熙等支队领导的强有力指挥下，给予迎头痛击，打得他们寸步难进，只好且战且退，打到下午2时，林荫敌军便全部狼狈逃窜。

由此，平潭县城第一次获得解放，共消灭国民党武装200多人，缴获敌机枪11挺、长短枪300多支、手榴弹5000多枚、子弹5万余发，创造了闽浙赣游击斗争史上的奇迹。

县城解放之后，平潭游击支队兵分两路，一路由张纬荣、高飞、吴兆英带领一批骨干队员留在县城，负责接管国民党政权的财物档案，并召开各界代表座谈会，做好市民安抚工作；一路由吴秉熙率领主力队员返回玉屿，以防溃败的林荫残军向我根据地作报复性的侵犯。

于是，6日傍晚，吴秉熙率领支队主力队员100多人，用3艘大船和12艘小船，运载缴获的枪支、弹药、粮食、药品，浩浩荡荡地回师根据地。夜晚9时，船队到达玉屿澳后，吴秉熙命令队员们，首先搬运战利品，然后吃饱饭，睡好觉，准备明天可能发生的战斗。

果然不出支队领导所料，6月7日凌晨，林荫和他的忠实干将林正乾就率领数百敌兵前来侵犯玉屿村。他们以为游击队主力都在县城，便可一举端掉革命根据地，不料却遭到我游击队主力和根据地人民的猛烈反击。没打多久，就逼得他们败退到林正乾的老巢紫霞村。吴秉熙亲自率领军民乘胜追击到紫霞村，林荫见游击队来势勇猛，锐不可当，自知不是吴秉熙的对手，慌忙携残兵退到地势险要的桃花寨。

6月7日中午，战斗胜利结束返回玉屿村时，吴秉熙获悉，林荫为了破坏我游击队的声誉，指使土匪林起栋、肖善清冒称我游击队开船在海上抢劫。现刻，他们行劫的"海驹"号等2艘汽轮正停泊在娘宫海面上。他们将要同林荫残兵联合起来扼守海面同我游击队对抗。如果他们的联合阴谋得逞，势必对我游击队同大陆联系构成严重的威胁，因此必须消灭他们。但是，此时张纬荣、高飞和吴兆英等3位领导都不在玉屿，如等待请示他们后再行动，必然误了战机。于是，吴秉熙果断地决定，立即组织16名战士，化装成买盐的渔民，由特务连长高名山带领，驾驶一艘小帆船，前去剿灭。小帆船从玉屿澳出发，顺风顺水，只1小时便驶至娘宫海面。匪徒们没有防备，我小帆船一靠近"海驹"号汽轮时，便一冲而上，使他们措手不及。但遭敌顽固反抗，激战2小时。由于短兵相接，可扬我游击队员勇敢拼搏的优势，当场击毙匪首肖善清，俘匪兵20多人，缴获长枪20多支、短枪2支、冲锋枪1支、粮食30多担、"海驹"号大汽轮1艘，真可谓满载而归。

两天4战4捷，陆战海战皆胜，平潭人民游击支队名声大振。民间流传歌谣曰：

游击队不简单，大刀战胜机关枪；
游击队真英雄，小帆船能擒大汽船。

林荫见大势已去，一面派代表同我"谈判"求和，要求游击队进驻县城，让他们退居官井，互不侵犯；一面向省保安部队求援，妄图东山再起。我们识破其阴谋，指出只有在3天内向我缴械投降才是唯一的出路，否则将彻底剿灭他们。而省保安五团获悉我游击队英勇善战，队伍只开到福清海口，便借口没有平射炮而拒绝来岚救援。在此"叫天天不应，叫地地不灵"的态势下，林荫于5月12日由国民党"宝应"号军舰掩护，逃往马祖列岛的白犬小岛去了。也是5月12日这一天，平潭人民游击支队解除了东庠岛民防队反动武装。

至此，平潭的反动武装力量全部消灭，平潭全境获得解放。平潭人民游击支队经受了严峻的考验，他们用消灭林荫反动武装的实际行动证明自己是一支忠于中国共产党的革命武装，从而得到了闽中支队司令部的传令嘉奖。1949年5月13日，经闽中游击司令部党委批准，平潭县人民政府成立，高飞任县长。下设潭南区、潭城镇、潭东乡、流水乡、东庠乡、君山乡、龙泉乡、苏澳乡、大练乡、屿头乡等10个区镇乡，由徐兴祖、王祥和、林奇峰、陈孝义、高名峰、高扬泽、吴聿静、陈国义、李登秋、陈功奇等10位同志分别担任各区镇乡长。这是全省在解放战争时期第一个依靠游击队自身力量成立的县级人民政权。

成立平潭县人民政府这一天，吴秉熙带领300多名游击队员从玉屿澳坐"海驹"号汽船来县城驻防，负责保卫新生的红色政权。

红色政权诞生后，高飞在张纬荣的具体帮助下集中精力做好县人民政府工作。平潭游击队的工作就由吴兆英、吴秉熙两人负责，着重抓战备和武装队伍建设。至5月16日，平潭游击队扩大到500多人，其中女队员10多人。10个区镇乡发展的不脱产武装队伍达600多人。

平潭县人民政府挂牌成立之后，接收旧政权的档案资料，没收官僚资本，建立乡农会，开展减租斗霸，借粮分粮，发展渔农业生产，禁赌禁鸦片，保护民族工商业，出现了社会秩序井然、人民安居乐业的新局面，平潭全岛处处可闻到"解放区的天是明朗的天，解放区的人民好喜欢"的欢乐歌声。

第十三回　要留清白　视死如归

平潭人民游击支队，终于在短短的 15 天内，用自己的力量，以弱胜强，消灭了林荫反动武装的全部，解放了平潭全岛，成立平潭县人民政府，创造了闽浙赣游击斗争史上的奇迹。城工部所领导的平潭人民游击支队经受了严峻的考验，他们用消灭林荫反动武装的实际行动证明自己是一支忠于中国共产党的人民革命武装，从而得到了闽中支队司令部党委的传令嘉奖，并批准成立以支队长高飞为县长的平潭县人民政府。

与此同时，他们把平潭人民游击支队纳入闽中支队司令部的序列，改编为"闽浙赣人民游击纵队闽中支队平潭大队"，任命高飞为大队长，吴兆英、吴秉熙为副大队长。

然而，在"创造了闽浙赣游击斗争史上的奇迹"中功勋卓著的支队最高领导人、政委张纬荣，却被撤销领导职务，改派闽中支队党员干部郑英才前来担任平潭大队政委。这不免令人感到不公，更令人深感不解的是，居然下达命令逮捕张纬荣归案。这一道上级的极端命令，当然遭到了高飞、吴兆英、吴秉熙的坚决抵制。

为了消除闽中党组织对平潭地下党领导人张纬荣的嫌疑，高飞、吴兆英、吴秉熙等同志研究决定，对闽中支队司令部进行一次献礼活动，以表示对上级党组织的忠心和支援。他们从缴获的战利品中，挑选出重机枪1挺、轻机枪2挺、三零式步枪60支、二十响驳壳枪2支等最精良的枪支和8000发各类子弹，以及20 两黄金，作为献礼活动的礼品，由吴兆英携一班战士直送到莆田大洋灯炉寨闽中支队司令部，交给陈亨源副司令员点收。

闽中支队司令部资金来源紧缺，给养十分困难，见到这些仿佛从天而降的武器、弹药和黄金，陈亨源欢喜得笑逐颜开，忙命敲锣打鼓，鸣放鞭炮，表示热烈欢迎和衷心感谢。

趁陈亨源心情很好盛邀喝茶漫谈之际，吴兆英对他直言不讳，说了不能逮捕张纬荣的理由。他煞费苦心，用张纬荣被捕时视死如归的斗争事实，来说明他是一位赤胆忠心、铮铮铁骨的中国共产党优秀党员。

话说5月4日早晨，张纬荣勉力至一个隐蔽的山洞里躲藏起来。陈孝义等3人都有意把上岸的敌人引离山洞，但狡猾的敌人却循着地上的血迹寻至洞口把张纬荣抓走，押送到巡逻船上。他们分析抓到的是一条"大鱼"（共产党头目），便准备驶回县城码头，交给县警察局长游澄清审讯，以便向平潭反共头子林荫邀功请赏。但船开到潭城港口时，却有人认出这条"大鱼"是共产党游击队政委张纬荣，其父亲张经本为平潭县盐务局局长，是县上的头面人物，同上层人士都有交往，如果大白天押解他从码头走到警察局，势必惊动全城群众和他的家人，那就难办了。于是，决定巡逻船暂时不要靠岸，先停泊在半江中。又听说张纬荣乃游泳好手，担心他跳海逃遁，便将他捆绑结实关押在船舱内，并钉死舱盖，让他在不见天日的沉闷船舱内苦挨一整天。直挨到夜幕笼罩，才把闷得快要断气的张纬荣从船舱内提出来，让他穿上一套国民党旧军服，化装成国军逃兵模样，押送到县警察局，交给局长游澄清处置。

游澄清是林荫抓捕"共产党"的得力助手。他早就想抓捕平潭"共产党"头目张纬荣立功。因此，游澄清连夜审讯张纬荣，对他使尽软硬兼施之能事，逼他承认自己的共产党头目身份，交代潜入城关的目的，检举暗藏在县城内的同党，许诺他只要坦白交代了，不但可以免他一死，还可以让他当个县教育局长什么的，同他游澄清平起平坐。否则，就在今夜天亮之前让他回去拜见他的祖师爷马克思。何去何从？全在他的一念之间，由他自己选择。

尽管游澄清讲得花开叶谢，说得口干舌燥，张纬荣装着没听见，反问道："你刚才有没有说什么来着？"游澄清冷冷一笑道："哈，你装模作样，我审问你们共产党审问多了，谁不知道你们开头都不肯说，但是到了一定时候就会无话不说。"张纬荣说："你说对了，我现在就是还没有到无话不说的时候。"游澄清突然咆哮道："来人，大刑招待！"一警兵上前说声"是"便一皮鞭当头劈下来，但尚未劈着就被警督陈徽梅（中共地下党员）挥臂挡住。游澄清见状，责问："你这是何意？"陈徽梅回答道："局长，这些共产党人个个都是硬骨头，吃软不吃硬，何必动粗？"张纬荣知道他是有意保他，想了一下，便坦然笑道："我现在到了无话不说的时候了。"游澄清见说高兴地道："我就说嘛，你迟早总会说的，那你就赶快说吧！文书定会一句不漏地记录下来的。"

"不，我不要你的文书代劳。"张纬荣说，"我要自己写。"

"好啊，自己写，亲笔字，更有法律效力。"游澄清下令，"笔墨纸砚侍候。"

张纬荣接过送来的水笔和纸张，不加思索地就写了起来。只一瞬间，他就说："写好了，交卷。"

"这么快？"

游澄清接过纸张，只见纸上写着一首题为《石灰吟》的古诗，不禁念道：

千锤万凿出深山，

烈火焚烧若等闲；

粉骨碎身浑不怕，

要留清白在人间。

"要留清白在人间，好啊！"游澄清念了这首诗，知道这位"共产党"头目张纬荣一心只想以死明志，是不会交代任何问题的，一时动了杀心，但他知道平潭生杀予夺大权归林荫一人，他这个小小警察局长，只是林荫的马前卒，哪有杀人之权？出于好奇心，他问，"张纬荣，你真的不怕死吗？"

"当然，男子汉，大丈夫，死有何惧？"张纬荣反问，"难道你游澄清怕死吗？"

"我？"游澄清说，"人世间毕竟是美好的，而上天给每个人的生命都只有一次，谁不会贪生怕死呢？"

"不对，你游澄清局长就是一个不怕死的男子汉。"张纬荣笑一笑说。

"此话怎讲？"游澄清不解。

"4月23日，作为国民政府首都的南京城解放，这就宣告日暮西山的蒋家王朝灭亡，共产党如日中天，她领导全国人民为之奋斗的

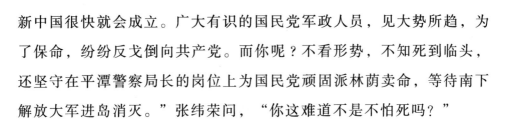

新中国很快就会成立。广大有识的国民党军政人员，见大势所趋，为了保命，纷纷反戈倒向共产党。而你呢？不看形势，不知死到临头，还坚守在平潭警察局长的岗位上为国民党顽固派林荫卖命，等待南下解放大军进岛消灭。"张纬荣问，"你这难道不是不怕死吗？"

"你说的好，说的好。"游澄清道，"但我有一点不明白，我想问你，既然将来是共产党的天下，那你这位共产党头目为何也不怕死呢？难道你不为自己看不到新中国而感到遗憾，感到可惜吗？"

"为新中国而死，死得其所，死得光荣，死得无憾，也不可惜。"张纬荣连声说，"值得，值得。你有本事就送我见马克思吧！"

其实，张纬荣是把自己这次被捕，看成是一种解脱。闽中党组织不是还怀疑他自己是国民党特务而要考验他和他所领导的平潭游击队吗？如果他被国民党当局杀了，不正说明他不是国民党特务吗？不正说明他所领导的平潭游击队是共产党领导的人民革命武装吗？因此，他真希望自己被国民党警察局杀了，以便解脱闽中党组织对他和对平潭游击队的嫌疑，留下清白在人间……

"学生哥，这个张纬荣被捕视死如归的故事，是你为了哄我而胡编的是吗？"陈亨源似真似假地笑着说。

"我是念农作物栽培技术的，没有编故事的文学才能，怎么会是胡编的呢？司令员如果不相信这是真实的故事，那您就派人到平潭调查吧。"吴兆英笑笑说。

"调查倒不必了。"

"那您还要逮捕张纬荣吗？"吴兆英忙问。

"这个？等我再想想吧！"陈亨源沉吟道。

"司令员，张纬荣和我同年，又是同乡，我认识他非止一日，我和他朝夕相处多年，他的思想和行为我了如指掌，他对共产主义的信仰十分坚定，他在平潭发展了许多共产党员，他为组建平潭游击队伍殚精竭虑，平潭游击队员无不把他看作是自己的主心骨，而国民党反动派则对他恨之入骨，司令员，您说，像这样的同志他怎么可能是国民党特务呢？"吴兆英进一步表态道，"司令员啊，吴兆英我愿意用我的生命为张纬荣作担保。如果将来发现张纬荣他真的是国民党特务，那你也把我的这颗头拿去，我绝无怨言。"

"好吧，我答应你，收回逮捕命令，张纬荣的事待后处理。"陈亨源最后表态说。

……

张纬荣对吴兆英为他在闽中地委领导面前据理力争，还用自己的生命作担保，心存感激；但对闽中党组织对自己的"待后处理"并不太在意。曾焕乾曾对他说的"一个真正共产党员，个人的荣枯宠辱不必介意，在乎的是党的事业和本人对革命的贡献"这段话，他牢记在心。因此，受到如此不公正的待遇，他毫无怨言，没有发一句牢骚，更没有一点气馁。被"待后处理"的他，在新成立的人民政府和新整编的游击大队中，都没有职务，真正成为"无官一身轻"的普通老百姓，然而他却以革命事业为己任，仍然每天起早摸黑，积极地投入到接管旧政权和建立新政权的工作中去，仍然负起一个党的政工干部的责任。他先后主持召开平潭县民主人士、工商业者、知识分子座谈会，宣传党的方针政策，帮助他们正确认识共产党和人民政府。他为平潭县人民政府起草安民布告，以安定民心。他组织文秘人员接收旧政府档案资料。他为新县长高飞出谋划策，成为新政权的真正高参。老战友在新工作中遇到难题，也像过去一样喜欢向他请示讨教，他也会像过去那样不厌其烦地为之出谋划策，排忧解难。谁也没有把他看成是上级党组织内定的"待后处理"人。

1949 年 7 月 3 日，败退南逃的国民党第 73 军（包括天九部队和林荫残部）近万人强行占据刚解放 58 天的平潭县。全县从大岛至小岛，无村不扎营，无户不驻兵。他们在岛上横行霸道，烧杀掠夺，强占民房为营房，强拆门板作床板，强迫群众筑碉堡、挖战壕、修道路，稍不满意就拳打、脚踢、皮鞭抽。他们封锁所有澳口，严禁渔民出海捕鱼和经商活动。他们强化户口管理，实行"五家联保"（一家有"共"，五家同罪），多次开展地毯式"清乡"，妄图灭绝岛上的地下党员和游击队员，顿时白色恐怖笼罩着平潭城乡的每个角落，海岛人民又处于水深火热之中……

不过，平潭游击大队主力 150 人早在 3 天前就奉闽中支队司令部之命撤离出岛，转移到福清、长乐、永泰、闽清等内陆地区，开展外线对敌作战。这样既暂避强敌保存革命力量，又有利于配合南下大军解放福州地区。没有撤离的 350 多名平潭游击队员则分散潜伏在岛内，转入艰苦的地下革命斗争。

3 天前的 6 月 30 日早晨，平潭游击大队主力在吴秉熙的率领下，从集结地小练岛坐上"海驹"号轮船到长乐松下，上岸后经福清前林村到达福清赤社村，同先期离岛在此的高飞、吴兆英会合，准备次日率领队伍开赴闽中支队司令部驻地莆田大洋灯炉寨集结。

原政委张纬荣也同期离岛来到福清赤社村，但由于闽中党组织尚未完全排除对他的嫌疑，所以高飞、吴兆英、吴秉熙等同志没敢让他跟随队伍前往闽中支队司令部集结，留几名精干战士由他带着，配合吴聿静同志，坚持在福清、长乐一带沿海地区组织群众，做好解放平潭的支前工作。

第十四回　奋力支前　二度解放

　　1949 年 8 月 7 日，中国人民解放军华东野战军第十兵团在司令员叶飞、政委韦国清的指挥下打响了福州战役。8 月 16 日，连江、长乐、福清等 3 县同日解放。8 月 17 日，福州宣告解放。8 月 23 日，全歼福州周边之敌，福州战役胜利结束。随之，第十兵团第 28 军奉命解放平潭。

　　平潭地处台湾海峡西北部，是祖国大陆离台湾最近的地方，乃战略要冲，历来是兵家必争之地。退守台湾的蒋介石认为，保住平潭岛有利于反攻大陆，有利于挽救已经失败的国民党政权。因此，他多次下令要死守平潭。敌守将李天霞奉命一边整编队伍，一边抢修阵地工事公路，还在城南修建了一个小型野战飞机场，妄图负隅顽抗，长期据守。9 月 13 日，蒋介石还派其参谋总长陈诚亲自来平潭，命令岛上驻军死守平潭，同海岛共存亡。

　　此时窃据平潭岛的国民党军，除 7 月 3 日就开始布防在岛上的敌 73 军军部和第 73 军第 15 师以及天九部队外，其他第 73 军之第 238 师和第 74 军残部，皆系在福州战役中溃败逃至岛上的。另外还拥有大小军舰 10 多艘，总兵力达一万多人。8 月 19 日，汤恩伯任命第 73 军军长李天霞为平潭岛防卫司令官，统一指挥第 73 军、第 74 军等岛上所有国民党军。其兵力部署是，第 73 军的第 15、第 238 两个师防守于平潭岛的北半部，其中，第 714 团守大练岛，第 712 团的一个连守小练岛。第 73 军军部直属工兵营的一个排守草屿岛。第 74 军残部布防在平潭岛的南半部。10 多艘军舰则游弋于闽江口和平潭岛周围，企图封锁海上交通。

8 月下旬，我第 28 军在军长朱绍清、政委陈美藻的率领下，进驻福清县，以便于做好解放平潭渡海作战的一切准备，命令平潭游击队支前大队负责人张纬荣、吴兆英、林中长到福清 28 军军部接受支前任务。

这个平潭游击队支前大队是怎么回事呢？

原来，从 1949 年 7 月 3 日平潭被敌 73 军占领至 9 月 16 日平潭第二次解放，前后共两个月半的时间里，先后离岛潜入内陆从事革命活动的平潭游击队指战员有 300 多人，可分为两部分。

第一部分，是最先撤出的主力 150 人，由高飞、吴兆英、吴秉熙带领，奉命开往莆田大洋闽中支队司令部驻地，路经福清遇敌应战，取得菜安阻击战大捷，受到闽中支队司令部嘉奖。队伍到司令部驻地集结后又被一分为二。其中 130 人改编为闽中支队第 6 中队，由高飞任中队长，吴秉熙为指导员，开往永泰安平寨，在闽中支队司令部永泰指挥部总指挥饶云山、祝增华麾下，同多股国民党残部作战，取得了 4 战 4 捷的巨大胜利。智勇双全的吴秉熙被誉为"常胜将军""钢铁战士"。另外 20 人由吴兆英带领加入闽中支队长乐大队，大队长是长乐人陈志中，吴兆英为副大队长，负责配合南下大军支前和"816"解放长乐的战斗。

第二部分，是随后奉命陆续撤出来的岛内潜伏游击队指战员，加上张纬荣、吴兆英的随带战士，合计也有 150 人左右，编为平潭游击队支前大队，由张纬荣、吴兆英、林中长等负责率领，在平潭岛周围的长乐松下、江田和福清的大丘、可门等处支前，配合 28 军解放平潭。

28 军首长下达给平潭游击队支前大队的任务有 3 项：一是搜集平潭岛内敌情；二是征集培训渡海船只；三是担任向导参战。至于筹集粮草的任务则由福清同志完成。

接到军首长下达的 3 项支前任务后，张纬荣主持召开支前大队负责人扩大会议，研究贯彻。吴兆英、林中长、徐兴祖、吴聿静、王祥和等同志参加。经大家研究，决定具体分工：①张纬荣、吴聿静分配在 83 师 247 团，驻扎长乐松下，负责领导北线征集渡海船只等支前全面工作；②吴兆英、徐兴祖分配在 82 师，驻扎福清北西营，负责领导南线征集渡海船只等支前全面工作；③林中长带领王昌镐，负责搜集岛内敌情。④王祥和带领一个小队，驻扎大丘、可门一带，配合 82 师 245 团，负责训练渡海船员。

张纬荣最后强调说："现在分工已经明确，责任分配到人，大家一定要各就各位，狠抓落实，保证完成支前三大任务，不出任何纰漏。"

关于搜集平潭岛内敌情。7 月 21 日，林中长携王昌镐来到福清高山，找到驻扎在这里的福清南区地下党组织。他们派地下党员王明灿协助林中长开展谍报工作。次日，王明灿就找到一条小渔船，让王昌镐夜间乘船潜回平潭。但是，在福清小山东至平潭娘宫的海面上，有一艘国民党军舰专门扼守巡视，每当夜间就打着特亮的探照灯监视海面，使王昌镐连续两个夜晚想乘船潜回平潭均未成功。第四天（7 月 24 日）的深夜，王昌镐带领 4 个游击队员悄悄乘小渔船摸索着向平潭岛方向行驶。但是，当他们驶到离娘宫澳岸只有 200 多米时，小渔船又被敌人发现了，还遭到了敌人机枪的猛烈扫射。在此万分危急之际，王昌镐忙下令弃船跳海潜逃。多数人都潜游回小山东上岸，但吴章英一人因水性不佳只好用双手拽住船尾舵板随小渔船漂流，待到漂离敌人的火力射程之外时他才上船摇橹驶回小山东。连续 3 夜无功而回，林中长和王昌镐两人都不免感到焦急。

正当他们焦急之际，平潭北厝加田下村林武彩等 5 名渔民开一艘渔船到福清北坑卖鱼。遇见这些来自平潭的渔民，林中长心中一热便同他们亲切地交谈起来。从交谈中。林中长获知敌人对该船进出的渔民人数有登记核对，规定不许多了一个，也不许少了一个，但没有留下船上渔民的相片待回港时进行对照辨认。这样，林中长就想到可以采用"偷梁换柱"之计，留下一位渔民，让王昌镐扮成渔民顶替潜回平潭。经林中长做了思想工作之后，船长林武彩表示同意，但 5 个渔民中没有一个人愿意留下来让王昌镐顶替自己。他们说出的理由一是会影响自己的打鱼收入，二是怕家中父母老婆不放心。林中长听后表示理解，但他果断地对渔民们说："谁留下来谁就会得到优厚的经济补偿。"他此话一说，就有一位未婚青年渔民主动表示愿意留下来，当即就和王昌镐交换了着装衣服。于是，就在这天（7 月 26 日）晚上，扮成渔民的王昌镐随带林中长写的"搜集敌情提纲"乘林武彩的渔船潜回平潭。从偏僻的加田下澳安全上岸后，王昌镐遵照林中长的嘱咐，秘密与大福村地下党接上关系。他向地下党员林性品和林中长的胞兄林中英、胞弟林中祥等人传达林中长的指示，发给他们"搜集敌情提纲"，布置他们分头完成林中长交办的搜集敌军情报的任务。这些同志都很听林中长的话，他们均积极地搜集情报。他们按照"搜集敌情提纲"，搜集到大量的国民党守军的布防情报，还绘制了多张地图，3 次派林正树、林性森、林心文等青年突破敌人的重重封锁，驾小舟送情报到福清交给林中长。8 月 25 日，加田下林武彩的渔船被敌军派往娘官澳口，要他运送敌军情报员陈清到已经解放的福清刺探我方军情。林武彩本想逃避这趟赔本的苦差事，但王昌镐得知后便对他动员说："这是实施'瓮中捉鳖'的好机会，应该乐意接受，将计就计行事。"林武彩开头听不大懂，后经王昌镐对他详细说明才明白过来。他让王昌镐再次化装为船上渔民配合他把陈清从娘官运送到福清高山平潭游击队驻地。林中长亲自对这位敌情报员陈清进行审讯，揭穿他妄图刺探我军情报的真相，并对他进行政策攻心，使他理屈词穷，低头认罪，如实交代了他所了解的国民党军在平潭的布防情况。王昌镐潜回平潭后，根据林中长的指示，还同坚持在平潭敌后斗争的游击队员高纯立接上关系，布置他秘密搜集敌军的情报。高纯立平时就采取请喝酒和结拜兄弟等有效手段，套取了敌军少校情报组长孔祥信对他的信任。1949 年 8 月 29 日，高纯立利用孔祥信要潜入福清了解我军情报的机会，同苏澳镇土库村地下党员高名祥联手，共同策划把孔祥信秘密运到我游击队驻地。孔祥信没有防备，以为真的是送他去福清，便跟随高纯立行动，但是，高纯立、高名祥却把他运送到大扁岛，交给当时驻在这个小岛的平潭游击队高名峰同志。然后，转押到福清北西亭北山林中长暂住处。高纯立把设计赚敌情报组长孔祥信的经过向林中长汇报后，林中长安排高纯立身穿灰色的游击队服装腰佩短枪去见孔祥信。孔祥信见高纯立如此装束方恍然大悟，知道自己中计被捕，吓得痛哭流涕。在林中长的政策攻心下，孔祥信放下疑虑，详细交代了敌 73 军在平潭全县的布防情况。

上述这些所搜集到的敌情，林中长都及时地整理上报给 28 军，让军队首长迅速掌握平潭岛内敌情，为部署攻岛作战提供可靠的依据。

关于征集培训渡海船只。解放平潭是渡海作战，但那时没有海军，也没有汽船，靠的是渔民的木帆船。平潭支前大队150多人和解放军中的部分指战员，经过半个月的共同努力，终于从平潭避难到大陆沿海一带的渔民中，和从长乐、福清两县的当地渔民中，动员征集到300艘木帆船，集中到福清可门港，由王祥和总负责，安排解放军、游击队、渔民"三结合"，进行渡海培训。他们采取"互教互学"的办法，解放军、游击队教渔民学习开枪和军事知识，渔民教解放军、游击队学习驶船技能和防晕常识。每一艘船都配备有一两位会掌舵的解放军战士或游击队员，万一舵手牺牲了，就有人顶替掌船。经过20多天的海上艰苦训练和两次渡海攻防演习，渔民们都学会了开枪射击，解放军、游击队中的绝大多数都掌握了驶船的要领，并且克服了晕船呕吐的现象。这就为渡海作战的胜利打下了基础。

关于担任向导参战。在完成了掌握岛内敌情和渡海作战训练之后的9月11日上午，28军军部发出命令：立即行动，渡海作战，解放平潭。

听到这个久盼的命令，张纬荣、吴兆英、林中长等参加支前的平潭游击队指战员都高兴得跳了起来。大家都以必胜的兴奋心情，立即到所分配的团队去，当好向导，在部队的统一指挥下准备参加战斗。

9月11日下午，28军各团分别进入福清的大邱、万安、八尺岛和长乐的松下待命。9月12日，各团以小部分兵力分别向海坛的卫星岛大练、小练、草屿、塘屿进攻。经过两天的激战，攻克了这4个卫星小岛，俘敌900多人，铲除了海坛岛西面和南面进攻航道上的障碍，为我军总攻平潭主岛创造了有利条件。

军部决定总攻时兵分三路，第一路244、245团由可门出发，从海坛岛南部钱便澳进攻；第二路250、251团由大扁出发，从海坛岛中部芦洋马腿澳进攻；第三路247团由松下出发，从海坛岛西部苏澳进攻。

9月15日，晨曦初露，我军各团，在强大的炮火掩护下，随着军长朱绍清的一声令下，联合发起向平潭主岛总攻，顿时百帆齐发，浩浩荡荡，乘风破浪，勇猛前进。

约莫晚上22时，第一路244、245团于海坛岛南端的钱便澳东西两侧同时登陆，首先消灭了坚持滩头阵地之敌，乘胜直取平潭县城。16日凌晨2时，第244团首先攻进县城内，随即第245团也攻入县城。盘踞县城内的敌首李天霞早已率亲信官兵撤退到潭东观音澳，登上"太平号"轮船逃往台湾。守敌群龙无首，防线全面崩溃，纷纷向城北流水方向撤退，妄图从海上逃亡。军长朱绍清当即命令各团迅速追击逃敌。

与此同时，第二路的第250、251团和第三路的247团也分别从马腿、门结和苏澳、罗澳等处登陆，先荡平桃花寨、青峰岭一线之敌，在迂回韩厝后同244团会师，开始了4个团的联合作战。他们经排塘兜、潭水、沙地底、柳厝底、君山后、北港、山门前等村庄，直击流水王爷山、白犬山之敌。接着，他们向流水方向发动进攻，把大股敌人包围在流水、君山之内。敌人依托预设的阵地工事负隅顽抗，等待海上军舰接应。等到9时许，一艘敌军舰方姗姗驶来，但不敢靠岸，在海上打了30余炮后调头回窜。岛上敌人见待援无望，又在我军强大炮火的勇猛攻击下，到了16日下午17时，除个别抢乘木帆船逃走之外，其余全部被歼灭。至此，海坛岛战斗结束，宣告平潭第二次解放。

张纬荣分配在第247团当向导，随军从松下经屿头到苏澳登陆。登陆后，他随军参加君山、流水一带的激烈战斗，于9月16日深夜晚才回到了县城。

9月17日，我第250团由流水东渡攻占小庠岛，俘敌270多人。

此时，相邻的东庠岛守敌闻风丧胆，赶往葫芦澳夺船逃命。被迫驾驶运载逃敌木船的舵手欧吓辉，待驶出澳口海面之后，使劲将木船弄翻，与船上230多名敌人同归于尽。后来，欧吓辉被福建省人民政府追认为革命烈士。

是役，共歼灭国民党军8132人，其中毙伤125人，俘虏7734人，投降273人，缴获迫击炮35门、机枪158挺、长短枪2536支、汽艇3艘、电台2部，以及大量军用物资。

这次平潭战役的胜利，是在我军一没有渡海作战经验；二没有海军空军协同作战；三没有汽船轮船运输工具的不利条件下取得的。是仅仅利用游击队临时征集的木帆船作为渡海工具，同时又遇8级大风的困难条件下取得的。委实很不容易，可比同平潭游击支队第一次解放平潭，创造了我军解放斗争史上的奇迹。此役告捷，不仅使我军在实践中学会了渡海作战的本领，而且为大军南下夺取漳（州）厦（门）战役的胜利创造了有利条件，其意义极其重大。

1949年9月23日，平潭首任县委书记李俞平主持召开南下干部和地方干部会师大会，宣布成立平潭县人民政府。

宋秋成为县长，高飞为副县长。从此，平潭县人民开始了自己当家做主的新纪元。

第十五回　患难之恋　终成正果

　　1949 年 12 月初的一天下午，张纬荣和平潭几位原城工部党员骨干，因参加闽侯地委党校学习来到螺洲。

　　螺洲位于福州仓山南台岛的东南端，乌龙江之北侧畔，隔江与巍峨五虎山相望。洲内河网密布，名胜古迹众多，是个远山近水、风景如画的千年文化古镇。福州人以往赞福州之美常说"北有'三坊七巷'，南有'螺洲螺江'"。螺洲钟灵毓秀，名臣贤士荟萃，从明朝至清朝 500 多年间，全镇不足千户人家，共出过进士 33 人，举人 194 人。清朝末代皇帝宣统的老师陈宝琛就出于此，故螺洲又有"帝师之乡"的美名。中华人民共和国成立后，螺洲是闽侯地专机关所在地。闽侯军分区就设在陈宝琛的故居陈氏五楼内。

　　在闽侯军分区工作的何友芬，获悉日夜思念的张纬荣来到螺洲，喜不自禁，当天晚上就迫不及待地赶到地委党校看望他。张纬荣见到时时牵挂的何友芬，大喜过望，顿时激动得说不出话来。这也难怪，自从 1948 年 11 月何友芬被捕入狱后，接着又发生"城工部事件"，她和他已经有一年多失去联系。有了深厚感情的一对青年男女战友，久别重逢，自然都很激动，都很开心。两人坐在党校大门口的榕树下畅谈别后的各自经历，不觉间就谈到深夜。之后，何友芬一有空闲时间就跑到党校看望张纬荣和其他平潭战友。月底，上级通知，平潭干部全部回县参加解放台湾的备战工作。在临走前一天的晚上，张纬荣独自到军分区向何友芬告别。告别之后，何友芬送张纬荣回地委党校。但到了地委党校大门口，张纬荣又反送何友芬回军分区。那是一个月光如水的静谧夜晚，张纬荣和何友芬两人肩并肩在沉寂的街道上往返走着。虽然没有手牵手，也没有说什么特别亲热的话语，但双方都掩饰不住依依不舍的情愫。

张纬荣回平潭后没几天，何友芬就收到他寄来的一封信。虽然信的内容只是通信息，报平安，但何友芬读起来总觉得字里行间透出一层关爱的情意，令她读了又读。当晚，何友芬就回一封信给他。不久，她又收到张纬荣的第二封信，她自然不甘落后，也在当天晚上回一封信给他。这样书来信往的频率，至少每周一封。也许是火候未到，也许是怕羞难以启齿，两人这样频频地通信半年多，居然都没有在信中表示爱慕对方的词句，所以相互都捉摸不透对方的心思。其实，他们的内心深处早都希望对方能够开口向自己求婚。

1950年3月，平潭来了3位福州籍女知识青年干部，县委书记韩陵甫对这批来自大城市的女知识分子干部很重视，命他的得力助手张纬荣负责接待并分配她们的工作。张纬荣奉命热情而周到地接待她们，并根据她们的情况妥善地安排适合她们的工作，使她们感到满意、温暖，从而乐意以岛为家，安心在艰苦的海岛平潭扎根。

这3位女干部分别是林永华、郑孝敏和林素心。她们都是知识世家出身，高中毕业文化，美丽大方，活泼开朗，对革命工作充满热情。其中，林素心是福州黄花岗中学创校校长、著名教育家林素园之爱女。林素园还是林中长、林正光、施修莪、洪通今等平潭籍地下党骨干的恩师。中华人民共和国成立后，林素园作为爱国民主人士被福建省人民政府聘为省文史研究馆馆员。他积极支持爱女林素心参加革命工作。

初到平潭海岛，林素心对新环境充满好奇，在担任张纬荣的助手工作中，对张纬荣的人品和才华产生倾慕之情。作为一个接受新思想的女性，她勇敢地向张纬荣表白自己的感情，希望与张纬荣牵手一生。在城工部被打成红旗特务组织，自己的前途难料的情况下，这无疑是一盆熊熊炉火，温暖了张纬荣那颗伤痛的心。但是，张纬荣终究不能忘怀和他共同战斗、共历患难的女战友何友芬。但因当时他和她双方都没有表白过心迹，所以张纬荣没有拒绝同热情奔放的林素心交往。他经常应约同她一起散步、谈心，还接受她对自己在饮食起居方面的主动照顾。这样，周围同志便都认为林素心是张纬荣的当然女朋友。很快，这事就被朋友们传开来。

远在螺洲闽侯军分区工作的何友芬，听闻张纬荣有女朋友林素心的消息时，她心里很是失落。她和张纬荣是在最艰苦的岁月里相识、相知而相爱的。但由于男方腼腆，女方矜持，至今两人都没有捅破这层相互爱慕的窗户纸。眼见自己心爱的男友身边已经有了别的红颜知己，何友芬此时只能将这份感情深深地埋入心底。

毕竟，何友芬与一般女人不同，她是一位经过风雨、受过磨难的坚强女性，巾帼英雄。她理解身处人生低谷的张纬荣此时正需要一位温柔体贴的女性关怀，而她自己作为军人，远在螺洲，无法时时刻刻陪伴在他的身旁。林素心出身书香门第，活泼开朗，能歌善舞，此时正可以日夜陪伴在张纬荣的身边，照顾他，安慰他。想到这些，何友芬的心里稍稍平静了一些。她进而想到，爱一个人，就是要为他的幸福着想；既然有更合适的人能够关爱张纬荣的一生，那我何友芬愿意就此退出。

尽管失恋内心痛苦，何友芬仍然不露声色，她强颜欢笑，努力做好自己的本职工作。那时节，福州刚刚解放不久，何友芬的父母没有工作，而身为军人的她也无经济能力接济家里，一时间她家里的生活陷入困境。这时，军分区里许多南下的未婚青年军官，对聪明美丽、泼辣干练的何友芬都有好感。其中有位青年领导对何友芬特别多情，他主动给何友芬的姐姐何友馨安排工作，从而解除了何友芬的后顾之忧。同时，这位青年领导也婉转地对何友芬表达了爱慕之心。沉浸在失恋痛苦中的何友芬对此充耳不闻，视而不见，她的心里只有和她共同战斗过的张纬荣。何友芬心想："人生得一知己足矣，我和张纬荣未成眷属又有何妨？"于是，她在心中默默地祝福张纬荣和林素心早日成为眷侣。

然而，世事难料，凡事都有变数。谁能想得到，张纬荣和何友芬的患难爱情还有转机？还能够失而复得？还能够修成正果？

1950年10月，早年与林素心有婚约的陈清和从香港回到厦门，约请林素园和林素心父女到厦门见面。陈清和是林素园老世交之子，长得一表人才，风度翩翩，且又多才多艺，对林素心一往情深。为了和林素心完婚，他毅然放弃香港的优渥生活回大陆定居。他对林素园、林素心父女说，几年来，他身边不乏爱慕他的美女佳人，但他的心中只有青梅竹马的素心小妹。他始终为和林素心的婚约守身如玉。林素园本来就喜欢这个才华横溢的准女婿。听他这样讲非常感动。林素心和陈清和多年没有见面，本来对他没有感情，她的心中早已装着海坛青年才俊张纬荣。而此时，面对风流倜傥、早有婚约的陈清和，她真不知道该如何是好？但是，在陈清和的强烈攻势下，她到底扛不过"婚

127

约"这道底线。再说，在平潭的那些日子里，她和张纬荣虽有花前月下的谈情说爱，却无海誓山盟的婚嫁之约。她也知道，张纬荣的一颗心早已被何友芬所占据。她原本是希望，以她的美丽、她的才华和她的真情，假以时日，张纬荣一定能够接受她。可今天，面对父亲的劝说和未婚夫的柔情，林素心终于点头认可了这桩早年有约的婚事。于是，在父亲林素园的见证下，陈清和和林素心于美丽的鹭岛厦门举行了简单的婚礼，步入了婚姻的神圣殿堂。

从此，林素心离开接受她走上革命道路的美丽海坛岛，离开给她刻骨铭心爱情的一代海坛才子张纬荣，跟随其新婚夫君陈清和一起回到丈夫阔别多年的故乡福清县，担任小学教师。

这场无疾而终的爱情，让张纬荣幡然醒悟，他爱的人是何友芬，不是别的女人，他发现自己也只爱何友芬！

之前，张纬荣一直不敢表白自己对何友芬的感情。但在受了挫折的今天，他终于下了决心，要勇敢地向心爱的何友芬明确表白自己的感情。他要让何友芬知道，他爱她，他要和她携手一生。

夜里，在昏暗的煤油灯下，张纬荣伏案疾书，他要将所有的激情都倾注在自己的笔端。然而，这位笔下行云流水的海坛才子，却一时不知从何写起？他想写的本来是情书，但不经意间却写成畅谈理想和进步的文章。不过在最后，他终于鼓起勇气，写道："友芬，我爱你，你愿意让我当你的最亲密革命伴侣吗？"

信寄出去之后，张纬荣就忐忑不安地等待着何友芬的回信。当时海岛交通不便，一封信要走好几天才能送到。

好几天之后，何友芬看到了张纬荣这封热情似火的求爱信，她的心都快要跳出胸口了。这封信，她盼望了很久，很久，但她还是不敢确定张纬荣说的是真的。她心里嘀咕道："纬荣他真的爱我吗？如果是真的爱我，那前面他和林素心的交往又算是什么呢？"

　　其实，此时少女的心已经被巨大的幸福所笼罩。但有过挫折的何友芬此时还是不敢贸然答应。她给张纬荣回了一封信，信中说，她希望他尽快从失恋的痛苦中走出来，她劝他要保重身体放宽心，她鼓励他要相信一切都会好起来的，但却没有一句半字提到她是否愿意接受他的爱。这就使张纬荣顿时急了，急得他一连几天食不甘味，夜不安眠。他知道何友芬一定是误会他了，但他也理解何友芬那一颗受了伤害的少女芳心有余悸。于是，张纬荣给何友芬写了很多封的信，他把对她爱的思念和牵挂都倾注在字里行间。他告诉何友芬，虽然林素心对他的情爱在他痛苦的人生低谷中确实温暖了他的心，但他的心里始终都没有忘怀曾经和他共渡难关的女战友何友芬。

　　获悉张纬荣为婚恋的事如此心急如焚，在闽侯工作的老战友翁绳金（杨华）、施修莪等纷纷出面，找何友芬为张纬荣说辞，但何友芬听了却只是笑而不答。

　　张纬荣知道这时他必须亲自出马，不能再让旁人出面了。1951 年 5 月 1 日，他利用劳动节放假时间，赶到螺洲找何友芬面谈。但是，到了螺洲之后，他却不敢到军分区直接找何友芬，而是先到翁绳金处住下，和翁绳金商量怎样向何友芬开口求婚。翁绳金一副大哥哥模样，他拍拍胸膛笑道："你放心好啦，这事就包在我的身上。"

　　次日一早，翁绳金到军分区找何友芬，告诉她有人找她，请她到他的专署办公室见面。不知怎么回事？刚见到张纬荣时，何友芬顿时羞红了脸。她赶忙扭头欲往外跑，却被翁绳金挡住了去路。

　　"友芬啊，我这位兄弟一表人才，满腹经纶，和你这位福州美女可是天造地设的一对佳配啊！难道你还看不上他吗？"翁绳金对何友芬说罢便学教堂牧师的口吻高声问："张纬荣，你愿意娶何友芬为你的终身伴侣吗？"

"我愿意！"张纬荣朗声回答。

"何友芬，你同意跟张纬荣结为革命夫妻吗？"翁绳金高声问。

"我同意。"何友芬低着头含羞小声回答。

"好哇，何友芬终于答应这门婚事了！我这个媒人做成了。"翁绳金笑着说后接着道，"有情人终成眷属，我预祝你们早日成婚。"

"谢谢杨华大哥成全。"张纬荣笑笑说。

"但我的父母都还没有见过你啊，你得先到我厝里见见我的父母才好呢。"何友芬对张纬荣悄声说。

听到这话，张纬荣喜出望外，忙趋前说道："走，现在就带我去福州何厝里拜见你的父母！"

"不，现在不行，我是军人，不能说走就走，如果要走，必须办理请假手续，那可麻烦呢！"何友芬说，"今天我就不陪你去了。"

"张纬荣老弟，你好福气啊。友芬姑娘秀外慧中，是女中豪杰，你一定不能辜负她哟！"送张纬荣何友芬出来时翁绳金对张纬荣说。

"杨华哥，我们是不是也该吃你的喜糖了？"何友芬笑着说。

"好说，好说！"翁绳金说着同他们告别。

走出专署办公大楼，张纬荣向何友芬告别后急忙乘车到福州台江区学军路夏礼泉何厝里何友芬家。一进门就见到一对慈祥的老人，张纬荣知道这就是准岳父何孝臻和准岳母董桂英了。他自我介绍说："我是平潭的张纬荣。"何家二老早已听何友芬说起张纬荣的名字，知道他是女儿的男朋友，就乐呵呵地请他吃饭，热情地留他在家里住一夜，等明早乘早班车回平潭。

何家是个大家族，何厝里大宅院里住着何氏宗亲十余户人家好几十人，听说何友芬的男朋友前来求亲，大家都涌到院子里，想看看这个准姑爷何能何德，竟敢向何家最漂亮最出色的二姑娘求婚。塾师出身的何友芬堂姐夫林家祥摇头晃脑地盘问张纬荣，他从秦皇汉武，唐宗宋祖，古往今来，历史时局，将张纬荣考了个遍。张纬荣不慌不忙，口若悬河，说得林家祥姐夫连连点头，忍不住慨叹道："芬妹的眼光果然厉害，纬荣堪是我们的好妹夫呀！"

　　站在一旁的 16 岁三妹何友声怯怯地叫张纬荣一声"姐夫"。张纬荣笑着答应后问道："三妹还在读书吗？"何友声不答却说："我想出去工作。"张纬荣沉吟片刻，就向何友芬父母提出："如果二老同意，三妹可以跟我到平潭，我来想办法给她安排个工作，可好？"何友声一听赶忙说："谢谢姐夫。"这些年来，何友声没有书读，整天在家里帮父亲做事，听说能出去工作，可高兴坏了。二老当然也没有不同意之理。次日一早，何友声就跟随张纬荣乘车到平潭去了。

　　经历了这许多波澜曲折之后，张纬荣和何友芬的患难爱情终于修成正果，瓜熟蒂落了。他们双方都对失而复得的爱情非常珍惜。张纬荣回平潭之后，他和何友芬保持密切的通信联系，交流有趣的信息，互通爱慕的心曲，尽享蜜里调油般的爱情甘甜。

第十六回　渔区调研　高瞻远瞩

　　1951年6月初的一天上午，平潭县委召开常委扩大会议，讨论县委政策研究员张纬荣为县委起草的《为废除海上封建剥削制度，发展渔业生产而奋斗》的报告稿子。

　　县委书记韩陵甫主持会议并讲话。

　　韩陵甫，1912年9月生于山西省襄陵县。1936年入党，1942年任襄陵县武委会主任，1949年8月率领南下服务团抵达福州。1949年10月，任闽侯地委委员兼平潭县委书记。就任后，他对平潭游击队在南下大军未到之前就解放平潭，给予很高的评价。他看到原城工部党员对革命事业的满腔热情，任劳任怨；再看到平潭干部的极端缺乏，就于1949年11月24日向闽侯地委打报告，提出对原城工部党员采取"慎密考察，大胆使用"的方针。他在报告中陈述的理由是："一、没有干部，也没有工作基础，必须依靠他们去进行工作；二、并没有得出结论他们都有什么问题，肯定的是即使有问题也是其中极少数；三、新的胜利形势即使过去不好的人也会从新转变的；四、即使马上培养本地干部也离不开他们的影响，而且也得照顾一点他们对会师的贡献。"一个县委书记，能够对未平反的城工部党员做出如此客观的分析，提出如此大胆的建议，足见韩陵甫有过人的水平和胆略。闽侯地委批准了他的报告，原平潭城工部党员骨干都被大胆地提拔到区科级及以上的领导岗位上。高飞为副县长，张纬荣任县委政策研究员兼县委书记机要秘书，吴兆英为县大队副大队长，林中长、徐兴祖等为区长，从而解决了干部缺乏问题，激发了他们的工作积极性，对剿匪肃特、巩固海防、稳定平潭局势、渡过新政权成立初期的难关，产生了积极作用……

韩陵甫书记在讲话时说：

"今天讨论张纬荣同志起草的《为废除海上封建剥削制度，发展渔业生产而奋斗》的报告文稿，实际上就是讨论平潭渔区应该如何进行土地改革。

"土地改革（土改），是中国人民在中国共产党的领导下，彻底铲除封建剥削制度的一场深刻的社会革命，是中国民主革命的一项基本任务。这是因为旧中国的土地制度极不合理，占农村人口总数不到10%的地主富农，约占有农村70%~80%的耕地。他们凭借占有的土地，残酷地剥削和压迫农民。而占农村人口总数90%的贫农、雇农和中农，却只占有20%~30%的耕地。他们终年辛勤劳动，受尽剥削，不得温饱，其生活十分悲惨，这是旧中国贫穷落后的主要根源之一。这种封建土地制度严重阻碍农村经济和中国社会的发展。中华人民共和国成立前，占全国面积约三分之一的老解放区已基本完成了土改任务，消灭了封建剥削制度。中华人民共和国成立后，占全国3亿多人口的新解放区还没有进行土地改革，广大农民迫切要求进行土地改革，获得土地。1950年6月30日，中央颁布了《中华人民共和国土地改革法》，使土地改革有了基本法律依据。从1950年冬季开始，一场大规模的土地改革运动便在广大新解放区有计划有步骤有领导地分期分批地开展起来。每期土改一般经历了发动群众、划分阶级、没收和分配地主土地财产、复查总结和动员生产等 5 个步骤。

"但是，平潭是一个四面环海、三面临敌的岛县，全岛人口将近 10 万人，分散居住在 1 个海坛大岛和 12 个小岛上。他们中的绝大多数都是祖祖辈辈以打鱼为生的渔民。所以，平潭是全省最大的渔区县。在这场轰轰烈烈的土地改革运动中，渔区县究竟应该怎样开展'土改'？这在全国都没有现成的经验。因为，在 1950 年 6 月 30 日颁布的《中华人民共和国土地改革法》中，就没有渔区阶级成分划分的标准和规定。于是，省地委要求我们县委在当前土地改革运动中，进行调查研究，从渔区实际情况出发，制订渔区阶级成分的划分标准和渔区土改的方针政策。一年来，我和张纬荣同志带领一批人员深入渔区调查研究，掌握大量第一手材料，经过具体分析，反复研究，制定出一个'渔区阶级成分的划分标准'方案和开展渔区土改运动的方针政策，由张纬荣同志执笔起草，写成了《为废除海上封建剥削制度，发展渔业生产而奋斗》的报告。现在，请张纬荣同志向大家说说这个报告的要点，供大家讨论。"

张纬荣拿出稿子说道：

这份《为废除海上封建剥削制度，发展渔业生产而奋斗》的报告稿，是在韩政委的亲自领导下，经过一年的细致调查和深入研究形成的。现在我谈谈这个报告的要点：

第一，平潭渔区渔业生产状况。

（一）渔用地（生产资料）占有情况

1. 公海渔场。没有私人占有，不论省县地区，只要有渔船、渔网等生产工具，都可以在公海渔场上自由捕捞生产。

2. 近岸海区。多数地方被封建地主占为私有，以出租形式剥削渔民的捕捞生产。也有一些地方为村庄集体所有，集体使用，无须缴租。

3. 澳滩地。有的地方被封建地主占为私有，以出租形式剥削渔民的围捕生产；有的地方则为村庄集体所有，集体使用，无须缴租。

4. 紫菜坛。①多数地方被封建地主占为私有，分割出租，收取高额租金，剥削渔民的生产劳动所得；②有的地方则为村庄集体所有，轮流经营生产；③有的地方为劳动者自己所有，自己经营。

（二）生产关系情况

1. 封建剥削生产关系。

渔用地被地主阶级巧取豪夺所无理占有，借以残酷剥削劳动渔民，过着穷奢极欲的寄生生活，导致渔民的贫穷困苦，这是属于封建剥削性质，严重地阻碍着渔业生产的发展。其中，地主占有的紫菜坛分割出租，承租者因怕增加租金，不愿多下人工改良养殖技术，也限制了生产的发展。因此，必须坚决消灭这种封建剥削。

2. 资本主义生产关系。

渔业资本家凭借自己的资本承租渔业用地、购置船网等渔业生产工具，雇佣渔业工人进行海上各项渔业生产，自己不直接参加生产劳动，只负责经营管理，主管财务收支，担负单位盈亏，从剥削渔工的剩余劳动价值中获得利润。这种生产关系有利发展渔业生产，解决渔工的生活出路，因此可以有限度地维持，但征收其占有的渔用地和过多的生产工具，纠正不合理的劳资分配。

3. 含有社会主义萌芽的合作生产关系。

渔民自由组合，每人一股，共同投资购置渔船、渔网和渔具，出资人共同下海生产劳动，收入按股平均分配，开销也按股平均负担。这种合作生产，平等、公正，没有剥削和被剥削关系，是社会主义集体化初级形式，应予以大力扶持，促其发展。

135

第二，平潭渔区如何进行土改。

（一）要区别两个界限

区别封建剥削和资本主义剥削的界限，区别渔业集体生产互助合作和雇工剥削的界限，划清敌我友，做到既能解放生产力，发展渔业生产；又能团结大多数，打击反动的地主恶霸。

（二）要分开两种收入

平潭渔区绝大多数岛民都是亦农亦渔、农渔兼营，但各有侧重。有的以渔为主，以农为副；有的以农为主，以渔为副。

划分渔区阶级成分必须把渔业和农业两种不同的收入分开，分别划分。以农为主的岛民，按中央"关于划分农村阶级成分的决定"，划为地主、小土地出租者、富农、中农、贫农、雇农等6个阶级成分。以渔为主的岛民，则按该户对渔用地和渔业生产工具的占有和使用关系的不同情况，划为渔业资本家、小渔业主、渔民、渔工等4个阶级成分。

（三）渔区阶级成分划分的标准

1. 渔业资本家：占有船只、渔网、渔具等渔业生产工具，自己不劳动，靠雇工或出租生产工具进行剥削者。

2. 小渔业者：占有较多的生产工具，自己参加劳动，但也有一些雇工剥削者。

3. 渔民：使用自己的生产工具进行渔业生产，没有剥削别人，也没有被别人剥削者。

4. 渔工：自己没有生产工具，依靠出卖劳动力为生活来源者。

（四）渔区土改的方针政策

依靠渔工和渔民中的积极分子，团结广大渔民群众，废除海上封建剥削制度，发展渔业生产。

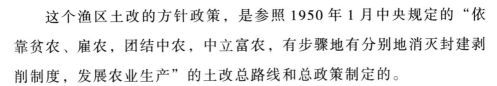

这个渔区土改的方针政策，是参照 1950 年 1 月中央规定的"依靠贫农、雇农，团结中农，中立富农，有步骤地有分别地消灭封建剥削制度，发展农业生产"的土改总路线和总政策制定的。

（五）废除海上封建剥削的几项规定

1. 渔用地的所有权一律收归国有，合理分配给渔民经营。

2. 与渔用地相关的渔船、渔网的生产工具，酌情征收分配给贫苦渔民、渔工使用。

3. 与渔用地相连的渔楼，如属于地主所有者，也一并收归国有；如属于经营者自己建筑的，仍归原主所有。

4. 紫菜坛的所有权一律收归国有，由原经营者继续依法经营……

张纬荣谈完"报告"要点后，展开热烈讨论，与会同志都对报告发表肯定的意见。

韩陵甫书记作会议小结时说："张纬荣同志起草的这份《为废除海上封建剥削制度，发展渔业生产而奋斗》的报告，是经过一年时间的调查研究、三易其稿形成的，常委们都对这个报告表示非常满意，我也表示同意，那就算常委一致通过了，可以上报省地委审批了。不过，我个人还保留一点不同的意见，那就是由于平潭是福建的第一大岛，地处对敌斗争前沿，又是全省的渔业重点县，应该缩小打击面，扩大团结面，这才有利于发展渔业生产，有利于前沿岛屿的对敌斗争，因此我主张不划'小渔业者'这个阶层，统称为（富裕）渔民，作为渔区的团结对象。我这一点意见，就以我个人的名义另文报告地委。"

会后，张纬荣就以中共平潭县委的名义，将《为废除海上封建剥削制度，发展渔业生产而奋斗》的报告同时上报给省、地委审批。省、地委都很快批复下来。省委在批复中对平潭制订的渔区阶级成分的划分标准和渔区土改的方针政策表示肯定和赞赏，说是"为福建省渔区土改提供了宝贵的经验"，并将报告全文批转给各地（市）县委执行。

1951 年 7 月，平潭县委派出多个工作组到全县渔区进行土改。由于有了经省地委批复的报告文件为指导，使平潭渔区的土改运动既轰轰烈烈又扎扎实实地得以顺利进行。到 1952 年 1 月底结束，全县共没收或征收地主和渔业资本家占有的渔用地 450 多处、紫菜坛 100 余公顷，从而废除了海上的封建剥削制度，调动了广大渔民的生产积极性，促进了全县渔业生产的发展。

随后，闽侯地委书记程少康亲自带领工作队深入平潭渔区进行土整复查工作。通过对流水、君山一带的实地调查，程少康充分肯定平潭渔区阶级成分划分标准和渔区土改方针政策的正确性。为了缩小打击面，程少康采纳韩陵甫和张纬荣、林中长等同志的建议，取消了"小渔业者"这个阶层，把渔区阶级成分的划定，更加有利于既解放生产力，又调动广大渔民生产积极性，为巩固海防打下坚实的基础。

没想到的是，张纬荣为县委起草的《为废除海上封建剥削制度，发展渔业生产而奋斗》的报告，《人民日报》于 1952 年 9 月间以显著的版面摘要刊登出来，轰动全国。由于当时全国渔区正在开展土改，而中央尚无指导渔区土改的专门文件，张纬荣起草的这份报告就成了全国渔区土改的指导性文件，争相翻印学习。不久，《人民日报》社就寄来稿费人民币 15 元给张纬荣。不过，此时的张纬荣已经调离平潭了。

1952 年 8 月 5 日，张纬荣接到闽侯地委组织部的调动通知，要他尽快到闽侯专署办公室报到。对于这个调动通知，张纬荣没有感到突然。这是因为昨天下午刚收到调任闽侯地委宣传部长的原县委书记韩陵甫寄来的信，信中说了要调动张纬荣到闽侯专署办公室工作的两点缘由：

一是因为工作需要。闽侯专署办公室原秘书翁绳金准备调到省闽中当校长，需要调一个既能够写大文章又有独立办事能力的干部进来担任办公室主笔秘书，兼当专员助手；

二是出于爱护干部。组织上认定张纬荣是一位难得的德才兼备好干部，但由于"城工部问题"他没有党籍，故不能安排在党内领导岗位上工作；最近又因其父张经本被当作反革命逮捕。这就使张纬荣在政治上"雪上加霜"。虽然他立场坚定，能够正确对待，但对他的使用不免会受到一定的影响。平潭巴掌大，作为一个反革命分子的儿子，他继续留在平潭县委工作势必尴尬。好锣要拎过山敲才更响，还是把他调离出岛到大地方工作前途更为广阔。

对自己的工作调动，张纬荣一向取无条件服从组织决定的态度。但看了韩政委在信中说的这一番知心话，知道领导爱护自己如此用心良苦，他对这次调动更添一层心存感恩。于是，接到调动通知的次日一早，他就搭渡出岛，乘车到福州城里后再往螺洲，向闽侯专署办公室报到。

1952年8月6日下午5时，张纬荣到达螺洲后直奔闽侯专署机关大楼。但是，他到了二楼专署办公室，却不见室内有人。正回头准备下楼之际，恰好遇见温附山专员迎面走来。

温专员早就认识张纬荣，他热情地请张纬荣到他的办公室谈话。在谈话中，温专员称赞张纬荣政策水平高，文章写得漂亮，是专署办公室主笔秘书的最佳人选。然而，他话锋一转，却说新成立的专署行政干校由他兼任校长，负责轮流培训所属各县的科局级领导干部，下月初就要开学，但主讲理论教员至今还不知道在哪里？因此，他上午亲自到地委宣传部向韩陵甫部长告急，请他为干校物色一个主讲理论教员。由于韩部长刚从平潭前沿调回地委，对全区的宣传干部队伍不是很熟悉，他想了半天，就想到了即将来专署报到的张纬荣。

温专员对张纬荣说："我原想调你来替翁绳金，在我身边当秘书兼助手；可是为了办好干校，培训全区干部队伍，我又想让你先到干校当主讲理论教员。不过，我对你的工作安排决心还没有下。在此情况下，你可以发表你自己的个人意向！"张纬荣听后说："我没有什么个人意向，凡党组织分配的工作，我都会努力干好，请专员放心。"温专员听后赞道："你果然党性强。但不知你为何不愿意办理重新入党手续？"张纬荣道："因为重新入党在填表时要违心地填上曾经参加'红旗特务组织'，而我又无法'违心'，所以我还是等待城工部平反时恢复党籍吧。"温专员听后点点头，然后说："听翁秘书说你有一位很漂亮的女朋友在军分区工作，而且很久没有见面了。你正好利用这几天等待分配工作的时间，好好同女朋友聚聚吧！"

"谢谢温专员关爱。"张纬荣说着离开温专员办公室。

张纬荣从温专员办公室出来，夜幕已经降临大地。他赶到设在公安处大院内的专署招待所登记入住后，因心有所系，他就朝着闽侯军分区大院飞奔而去。

第十七回　聚少离多　爱深情笃

1952年8月6日傍晚，何友芬正在军分区大院门口漫步溜达，忽见朝思暮想的张纬荣迎面而来。这真叫她喜出望外，顿时欢喜得不知说什么好。

"啊，友芬，你我一别一年多，看你一点都没有变。"张纬荣见到何友芬深情地说。

"可是你变了，纬荣，你瘦了，也黑了，你那本来就瘦削的脸盘又瘦了一圈。你才二十几岁的人，怎么头发就已经花白了。这也难怪，你这一年经历的事太多了。"何友芬说着说着，心疼得两眼闪着泪花。

"岁月不饶人啊，我都快三十了，还能不老？不过，我内心依然很年轻。"张纬荣笑着说。

"走吧，我们一起到乌龙江边走走吧。"

乌龙江边遍植榕树，对岸五虎山傲然雄立，夜晚的江风飒飒，一对有情人却默默无语地走在江滨的小路上。

张纬荣几度张口欲说，却又生生吞下。"大丈夫活在人世间，就要让别人活得更美好；特别是对自己心爱的女人，更应该为她的政治前途和幸福未来着想。"这一段话曾在张纬荣的心里说了多次，但见了心爱的人儿在眼前他却欲言又止。经过一番心灵的挣扎，张纬荣铆足了精神，终于说出了一番他想说而又不忍心说出来的话。

"友芬，我有话要对你说，你愿意听吗？"

"纬荣，你说吧，我爱听。"

"友芬，我的父亲被当作反革命逮捕了。作为他的长子，我这一辈子势必会受到牵连，加上城工部问题，我此生在政治上不可能有什么前途。友芬，我们分手吧，你还年轻，又出生在革命之家，找一个政治上可靠的人，你的前途还是大好的，千万不要为了我而误了你一生的幸福啊。"

"纬荣，这是你的真心话吗？"何友芬顿觉五雷轰顶，她不相信张纬荣说的这段话是他的真心话。

"友芬，你也知道我这个人在党组织和自己的同志面前从来不讲假话。"张纬荣说，"我刚才说的这段话在我心中已经盘旋了很久，今晚我下了决心对你当面说出来，请你理解我的一片真心。"张纬荣强忍内心的痛苦说道，"你说呢？"

"谢谢你对我吐露这一番肺腑真言，我当然也不会对你虚情假意。"何友芬说，"不过，在我回答你这个大问题之前，你要先回答我三个小问题。"

"哪三个小问题？你问吧！"

"第一，你一向廉洁奉公，洁身自好。在地下革命斗争时，你多次从自己家里拿出不少的黄金、银圆献给党组织，作为革命活动经费，你家成了我党活动经费的一个主要来源，这是谁都知道的事。"何友芬说，"像你这样一心为党为革命的无产阶级革命家，怎么会成为贪污分子，在'三反'运动中列为重点对象而遭受隔离审查呢？"

"你说得很对，我也是这样向组织说明的，而组织最后也是这样对我认定的，所以县委书记在干部大会上严正宣布，经'三反'运动严格审查，张纬荣同志没有经济问题。至于隔离审查，那是运动初期的斗争需要，这没什么。"张纬荣淡然一笑说。

"我就知道你是完全无辜的，我对你的信任从来就没有动摇过。你无辜隔离审查6个月，失去人身自由6个月，连给我一封信都没法写，还说'没什么'？足见你胸怀大度。"何友芬接着说，"第二，我听许多平潭同志说，你父亲很开明，不但经常慷慨解囊，捐出黄金、银圆给我们党组织和游击队，而且还大力支持自己的子女参加地下革命。老大张纬荣、老二张锡九是老地下党员，老三张纬敏参加人民解放军干校，二女儿张素君参加人民游击队，全家4男3女，除大女儿早已出嫁，小女儿和老四张锡良还小之外，全都参加革命。"何友芬说，"在国民党政权统治时期他尚且不遗余力地支持共产党，怎么在共产党夺得政权后反而反对共产党？这样的父亲，他怎么会是反革命呢？"

"平潭有关执法部门逮捕他，总有他的逮捕理由。作为共产党员，我只能相信和拥护政府的有关部门决定。"张纬荣说，"你说，我还能怎么样呢？"

"你说得也是。"何友芬说，"第三，我的妹妹何友声，跟你回平潭，现在情况如何？"

"友声在我家里住了4个月自习功课后，安排在县新华书店工作。因为我调离平潭，如果把她一个人丢在平潭，我不放心，所以我今天就把她带回福州来，交给你父母，其实她还可以继续上学读初中。"张纬荣说，"你要问的三个小问题，我都回答了，现在你该回答我刚才提出的大问题了。"

"是该回答了。"何友芬始终认为张纬荣是一位可遇而不可求的难得的好同志、好男人，她爱他，爱得真切，爱得深厚。何友芬也知道，张纬荣是深爱着自己的。他父亲被捕，"三反"受审，城工部未平反，他正处于人生低谷。此时，他提出和自己心爱的女人分手问题，其内心是十分痛苦的。面对这样一个好同志，我怎么能够忍心离开他呢？想到这里，何友芬朗声回答道，"纬荣，我们之间是相互了解的，我们的爱情是经过考验的。我相信你，我绝不会离开你。我愿意和你做一对患难夫妻。因为城工部问题，我们的党籍都尚未恢复。我的处境也不好过，在部队里我事事努力受表扬，现因为军分区要撤销，组织上已决定我转业地方，只是接收单位未定。因此，我们是同病相怜，同舟共济，不存在谁耽误谁！你已经29周岁，我也足足22龄，都不小了。我想我们现在就结婚。结婚了，可以互相取暖，可以相依为命，走出人生的低谷。你同意吗？"

"友芬，承蒙你错爱，难得你对我不离不弃，毅然决定同我结婚。"张纬荣激动地说，"友芬啊，听你这一席话，我就像喝了一碗安神妙药汤，使我感到极大的安慰。我张纬荣并非草木，岂有不同意之理？"

"那就这样定了，我们现在就抓紧准备结婚。"

"是的，我们现在就抓紧准备结婚。"张纬荣说着就勇敢地伸出他那只白皙有力的执笔右手，同早已伸出来的何友芬那只柔若无骨的玉手紧紧相握。人们也许不相信，这是自从1948年2月两人初次见面至今4年又6个月第一次握手。在离开军分区返回招待所的一路上，张纬荣总觉得他的右手留着何友芬手上的余香。

此时，张纬荣尚未分配工作，何友芬转业尚未确定接收单位，两人都处于等待分配期，都有充分的空闲，张纬荣天天晚上来军分区找何友芬玩；何友芬也喜欢他天天来，她爱和他在一起，她总是等盼着他晚上早点过来，同她一起手牵手漫步在夜色朦胧的乌龙江畔。走累了，两人就相偎相拥着坐在江滨的草地上聊天。有聊不完的话，有闻不厌对方好闻的青春体香和气息。不觉间，就聊到次日凌晨。即使有露天放映精彩的电影，他们也不去看，总是抓紧在一起谈情说爱，尽情享受失而复得、弥足珍贵的爱情甜蜜。

何友芬做地下工作时认一位家在螺州的基本群众做干妈，他们有空时就到干妈家玩，那时张纬荣患有肺病，何友芬就买些花生放在干妈家。每次他们要来，干妈就炖好花生汤等着张纬荣过来喝。

不久，张纬荣分配到设在义序的闽侯专署行政干校当教员，何友芬转业在《闽侯报》担任财务工作。热恋中两人又一次分开了。

说抓紧准备结婚，其实也没有什么好准备的。最奢侈的一项是两人到福州拍一张黑白结婚照，其余的事就是准备一张双人床上所需的物件。何友芬把张纬荣从平潭带来的 4 斤重的旧棉絮，带回家请母亲拿到街边弹棉店翻弹成一床松软的双人棉胎。何友芬这年 8 月中旬转业，冬衣未发，只发 18 元自己置装的服装费。她就用这 18 元钱买了一床双人花被套，做了一套列宁装等待当新娘那一天穿。张纬荣则从平潭老家带来一床大蚊帐、一床毛毯、一床台湾草席、一对仿皮枕头。就这样，就算结婚准备就绪了，其简约令人难以置信。至于喜床在哪里？洞房设何方？那要等待结婚当天请单位行政科调整安排。

那时结婚登记倒简单，无须当事人到场，张纬荣托人办理了结婚证。双方商订结婚的日子在 1952 年 9 月 1 日（农历七月十三日），星期一。结婚的地点就在张纬荣的行政干校。他们本来有 3 天婚假，但张纬荣一天都没用上。

9 月 1 日下午 3 点，何友芬由干妈陪着，满怀即将当新娘的喜悦，从螺洲搭渡来到义序干校，而新郎张纬荣仍然和干校的同事们在一起开会，没空出来接待她。她问新房在哪里，谁也不知道。何友芬只好和干妈一起在外面散步等待。一直等待到下午5点，他们散会了，大家才帮助张纬荣在一间新调整出来的房子里，挂蚊帐，整理床铺。没有举行结婚仪式，新婚之夜，在新房里点一盏小小的煤油灯，闪着羞羞答答的光。张纬荣的同事们请厨房帮忙做了几道菜请朋友们小聚一下，也算是婚宴了。吃婚宴时大家起哄要张纬荣谈恋爱经过，张纬荣向朋友们讲述了他们在地下工作中如何同何友芬相识、相知到相爱的过程，这就算正式结婚了。

新婚之夜过后的第三天一早，何友芬就回螺洲报社上班。婚后夫妻相会一般是每周一次。那时全国都是单休日，每逢星期六下午5点下班后，何友芬就随带自己的毛巾、牙刷到义序干校团聚，只住一夜，星期天下午回来时再把毛巾、牙刷带回来。从螺洲去义序，可坐渡船去，不必长途跋涉，倒也轻松。但是，报社下班较迟，往往星期六下午下班后赶到渡口时，摆渡人就已经收摊了，想去义序就去不成，只好扫兴地返回到报社，这样一周一夜的周末夫妻相会的盼望就落空了。

结婚后不久，组织上决定把何友芬调到干校工作，以便夫妻俩在生活上互相照顾。然而，满脑子以工作为重的张纬荣生怕夫妻俩在同一个单位工作有诸多不便，影响不好，婉言谢绝了组织上的照顾，坚决维持现状，不要在同一个单位工作。在这种思想指导下，张纬荣和何友芬这对革命夫妻始终分居两地，没有在同一个单位工作过，直到张纬荣谢世两夫妻都是处于"聚少离多"的状态。

一年后，张纬荣调任闽侯专署办公室秘书，在新任专员李毅的领导下，他负责审核修改各科室的发文稿子，把好政策和文字关。经张纬荣审核修改后的文章通顺流畅，没有政策上和文字上的毛病，然后送李毅专员签发。李毅对张纬荣的德才极为欣赏，并同其建立了深厚的上下级友谊。张纬荣那渊博的学识，深邃的思想，优美的文笔，为李专员所器重，曾多次想提拔重用张纬荣，但因城工部问题未能如愿以偿。李毅想在生活上照顾张纬荣，可也因当时专署机关没有家属宿舍，只给张纬荣分配一个单人房间，但夫妻俩都以工作为重，何友芬仍然住在上班的报社宿舍。为了专心工作，她将出生不久的幼子张庄林托付给自己在福州的父母照看。每逢周六下午下班后，何友芬都是在报社用完晚餐之后，才到专署机关宿舍和张纬荣相聚。

1956 年 5 月，闽侯专署撤销，辖县分别划给福安、晋江两个专区。闽侯地委和专署所属干部也随之分流到上述两个专区。闽侯专署办公室秘书张纬荣调任福安专署办公室负责人，其夫人何友芬也随调到福安专署所属报社单位工作。然而，那时福安专署和闽侯专署一样，没有干部家属宿舍，张纬荣一个人住在机关单身干部集体宿舍里，而何友芬和她的周岁多幼女张方林以及照顾幼女的保姆共 3 人则在福安街上租一间民房打一个大床铺居住（大儿子张庄林仍在福州何厝里由外公外婆照看）。过了许久之后，福安专署有位副专员因患重病到福州长期住院治疗，他把他居住的公家房子腾出一间来让给张纬荣夫妇居住。而幼女张方林和保姆则仍然住在街上出租房里。不久，张纬荣就调回省委文教部办公室当秘书。何友芬又回到街上出租房同幼女、保姆一起居住。直到 1957 年 5 月何友芬回福州分娩次子张光林时才离开福安。1957 年 8 月，何友芬正式调到福建医学院工作，后任人事科长。

1957 年 9 月，张纬荣调任福建师范学院历史系党支部书记。1959 年 8 月，闽侯专署在螺洲原址恢复，张纬荣调任闽侯专署办公室副主任。而何友芬都在位于福州吉祥山的福建医学院工作。两人一直分居两地，张纬荣每周末都骑着自行车到福州何厝里何友芬老家看望妻儿。

1969年11月，何友芬下放山区屏南县陆地大队当工作队，张纬荣送她前往驻地。由于他尚未批准下放，张纬荣只陪何友芬住几天就回螺洲。1970年春节后，张纬荣被批准下放山区屏南县，但他被安排在城关公社供销社当工作队，同何友芬的陆地大队相距百里之遥。只有当何友芬偶然到县里开会时，他们夫妻俩才能够做短暂的相聚。

1971年春天，全国开始落实老干部政策，下放农村当宣传队的老干部都陆陆续续调回原单位安排相应的工作。张纬荣的原单位是闽侯专署办公室机关，但1970年夏天闽侯专署从螺洲迁往莆田，随后就改称为莆田地区。1970年秋天，屏南县划归宁德地区，莆田地委把张纬荣夫妇从屏南县调回到莆田县华亭公社当宣传队。1971年7月，莆田地区革委会又把张纬荣从华亭公社调任莆田地区永泰留守处主任，他的夫人何友芬也随之调在永泰留守处工作。他们夫妇好不容易在一起工作不到一年，张纬荣就调任闽清电瓷厂厂长兼党委副书记。而留在永泰留守处的何友芬则留到1974年6月才调回福建医大。这样，便又分居两地，处于聚少离多状态，直到1978年2月，张纬荣病重回福州住院治疗，夫妻俩才日夜相处10个月到他离世。

自古"患难夫妻恩爱深"。张纬荣和何友芬这对革命伉俪，患难夫妻，也是一对情深意笃的恩爱夫妻。分居两地，聚少离多，不影响他们夫妇之间的感情。相反的使他们更加珍惜难得的相聚日子。每当离而复聚时，他们总是相敬如宾，相爱似新婚。他们夫妻相濡以沫26载，从来没有吵过一次嘴，从来没有红过一回脸，总是相亲相爱地在一起互相欣赏对方的长处，互相享受对方的优点。1969年，何友芬被列为"叛徒嫌疑"隔离审查8个月，张纬荣非常担忧，日夜苦思，了无生趣。在那不眠的240多个夜晚，他写了厚厚一叠思念何友芬的情书。何友芬出来看了其饱含深情蜜意的一张张文字，非常感动；她读着读着就忍不住潸然泪下。可惜此信没有留存。1978 年，张纬荣罹患重病住院治疗 10 个月，何友芬求医问药，四处奔波，日夜操劳，不辞辛苦。凡所听闻到的名医不论远近都跑去询问，凡所知道的中西特效药都不惜代价地弄来给他试着服用。哪怕有一线希望，她都要争取。在那煎熬的 10 个月治病日子里，何友芬白天为张纬荣在外面问医跑药，晚上则陪张纬荣在医院病榻旁的条椅上睡觉。白天有空时也到医院陪陪他，跟他讲悄悄话，为他轻柔按摩，减轻他的痛苦。为了减轻何友芬的悲伤，张纬荣总是把自己的痛苦和无奈顽强地深埋在心里，表现出异常的超脱和快乐。张纬荣何友芬这对爱深情笃的恩爱夫妻，就是这样爱对方超过爱自己。

第十八回　熹微澄澈　正本清源

枯苗望雨，涸鱼期水，蒙冤受害者盼望平反。张纬荣、何友芬和2000多名蒙冤战友，日夜盼望中央给福建城工部冤案平反，终于盼望到了。

1956年6月28日，《福建日报》刊登一则消息：

1956年6月27日，在中共福建省第一次代表大会上严正宣布：经中共中央批准，对福建城工部组织予以公开平反，认定城工部组织是中共组织，恢复城工部党员的党籍；对被错误处理的城工部党员给予平反，恢复名誉；对被错杀的人员，予以昭雪，追认其为烈士，其家属为烈属，得到人民政府的抚恤和照顾。

张纬荣看到这张《福建日报》是当天下午临下班时的福安专署办公室。他满怀无比激动的心情携着这张报纸跑到何友芬租赁的住处，交给何友芬自己阅读。何友芬读着读着，不禁喜极而泣。

福安地委闻风而动，立马组织专门人员，深入学习省委有关文件，为张纬荣和何友芬等福安地直单位城工部党员办理了恢复党籍手续，使他们放下了压在身上 8 年的政治包袱，高高兴兴地为党为人民更加努力工作。

1956 年 7 月 15 日，应平潭县委的要求，张纬荣回平潭协助做好城工部党员的平反工作。这日傍晚，张纬荣一跨进潭城家门，就看到厅堂里坐满了原城工部的老战友。他感到惊奇，便问："你们这是为何？"

"我们在此等候你的回来呀！"

原来，平潭地处海防对敌斗争前沿，县委工作千头万绪，忙得不可开交，尚未传达贯彻 6 月 22 日省委转发的中央批准城工部平反的文件精神。因此，这些平潭城工部党员虽然看了报纸都知道城工部平反了，但都不了解城工部究竟是怎么平反的。他们听说张纬荣今天专程回平潭，于是，便到他的家里等候，请他讲讲城工部平反的内情细节。

张纬荣理解这些老战友的迫切心情，不顾从福安经福州到平潭的一路疲累，对他们细谈了起来。

从省委的文件中看出，福建的城工部案件确实是一个骇人听闻的大冤案。1954 年 2 月 12 日，经中共中央批准，福建省委成立了审查城工部问题委员会，下设办公室，有 46 名干部参加审查工作。在审查过程中，委员会始终贯彻实事求是的精神，在一年时间里，共收集 1300 多件、1000 余万字的材料和证据，再经过反复对照、核实和分析研究，终于水落石出，真相大白，对逐个问题做出组织结论。

第一个问题，孟起夫妇被捕不是庄征出卖的。

当时，闽浙赣游击部队给养发生经济困难，急需筹集大量经费。1947 年 7 月初，闽浙赣区党委城工部长庄征、副部长李铁和委员孟起接到在福州海关任秘书兼仓库保管的地下党员陈文湘的报告，说福州海关扣留一批走私货物，计有270余匹棉布和棉纱、颜料等，价值200两黄金，尚无人认领。庄征等城工部领导人认为这是解决游击战争所急需经费的好机会，遂决定用冒领的办法"变"出这批物资。经过周密策划后，由党员骨干陆集圣等4位化装成大商人，分别于7月11、13、14日持仿制的海关查私科放行单，前往福州海关仓库将这批物资全部冒领出来，并迅速转移到福州港头、螺洲等地分散保存，少量布匹放在孟起家里。

此举称为"布变""布案"。杀庄征的起因是"布变"事件暴露造成孟起夫妇被捕，主要罪名"庄征是出卖孟起的内奸"，其依据是孟起被捕后庄征曾提出"让孟起自首出狱"。当时庄征在严刑拷打下供认出卖孟起夫妇等假口供，因而被处决。这是造成城工部大冤案的祸源。

经调阅当时海关和敌伪档案，审讯孟起家的女佣六嫂和她的姘头、土匪陈炳正，以及执行抓捕孟起的国民党便衣特务林依可等有关人员，证实孟起夫妇被捕并不是庄征出卖的，而是六嫂向陈炳正泄露了孟起家藏了很多布匹的消息，引起国民党特务的注意，特务通过陈炳正引诱六嫂出来告密做内应，进行突击搜查，结果查到未转移的布匹和党内文件，因而孟起夫妇即遭逮捕。

第二个问题，阮英平被杀害不是他的警卫员、城工部党员陈书琴所为。

这是直接造成城工部冤案的导火线，也是个关键问题。阮英平是中央和华东局派来的名将，担任闽浙赣区党委常委、军事部长兼闽东地委书记。1948年1月，阮英平带警卫员陈书琴化装成卖南草商人从闽东天湖山出发，准备经福州赴南（平）古（田）（建）瓯地区向省委汇报工作。27日，两人来到宁德九曲岭溪尾楼一带，阮英平因胃病发作暂歇下来，警卫员陈书琴想去小溪对面的小山村找点食物给他吃。走到半路，恰遇敌人巡逻搜山，他立即折回歇脚处，却不见了阮英平。一连 3 天，陈书琴独自在山上寻找，终不见阮英平的踪影。以后他就赶来福州向苏华、李铁汇报情况。李铁即令陈书琴返回宁德找地委副书记阮伯祺（城工部党员），要他派游击队一同去找，但仍未找到。闽浙赣省委领导得知阮英平失踪后，怀疑是警卫员陈书琴所谋害。而陈书琴是李铁派去当阮英平警卫员的城工部党员，进而就怀疑李铁有问题，后又把城工部党员上山后发生的闽北游击队遭伏击、闽西北游击纵队长沈宗文被捕、闽清县委受破坏等几个事件联系起来，都说是城工部上山人员所为，便认定城工部长李铁是特务，城工部组织已被国民党特务所控制，是"红旗特务组织"，把李铁抓起来审讯。李铁在多次酷刑威逼之下，违心承认，还编造"加入国民党国防文化出版社福建分社"的特务组织，从而将李铁公审后处决，接着杀害大批城工部骨干，造成骇人听闻的一大冤案。

经查实，1948 年 1 月，阮英平与随行警卫员陈书琴失散后，发现敌人搜山，独身一人跑到只有 3 户人家的狮峰坪范起洪家的山楼里借宿。因阮英平身上带有作为活动经费的一些金条，睡觉时被坏分子周玉库发现。周玉库起了谋财害命之心，与范起洪、范妹仔串通，骗说要护送阮英平去福州，于第 3 天将阮英平杀死在北洋炭山途中，劫走他身上所携带的金条、手枪和印章。后被国民党保安团查获，从死者的私章知道他是共产党名将阮英平，范起洪等受到国民党当局奖赏。中华人民共和国成立后，根据当地群众检举，县公安局先后将范起洪、周玉库、范妹仔扣押审讯，各凶犯供认了谋财杀害阮英平的犯罪事实。1951 年，3 凶犯在当地被公审镇压。因此，得出调查结论，阮英平并非城工部党员陈书琴所谋害，而是被坏分子范起洪等人谋财害命所杀。

至于李铁招供加入"国民党国防文化出版社福建分社"的特务组织，后来又翻供的问题，经查实，国民党特务组织中并没有国防文化出版社这样一个组织。

第三个问题，是城工部骨干上山后发生的几件事，当时都认定是城工部所为，经查明全是冤枉的。

一是闽北游击队遭敌伏击事件，不是闽北城工部通敌所致，而是由于闽北游击队长罗天喜在已经暴露目标的情况下，不注意调查敌情，轻敌麻痹，强要游击队走大路而遭敌人伏击的。

二是闽西北游击纵队长沈宗文被捕事件，也同城工部党员无关，而是沈宗文缺乏警惕性，私自离开部队去与当地保长女儿调情，被当地保长饶冬生引敌人捕去，后即叛变。

三是闽清县委受破坏事件，也不是城工部人员干的，而是闽清地下党组织内部不纯，被混进来的坏分子、叛徒黄吓八勾结敌人前来包围所致，此案在镇反时经群众告发已将凶手逮捕归案。

这样，件件疑虑水落石出，真相大白了。

1955年1月22日，中共福建省委向党中央提出了《关于审查城工部问题的结论及组织处理的意见》的报告。省委报告认为，原闽浙赣区（省）党委认定城工部为国民党特务所控制的组织是捕风捉影、缺乏事实根据的，特别是轻率地决定对城工部组织的领导干部及大批党员采取逼供信和严刑拷打的手段加以杀害是完全错误的，其错误给予党的损失是极其严重的，应该予以平反。省委报告认为，虽然城工部事件的发生存在着客观原因（如国民党白色恐怖统治、环境困难等），但是，城工部事件的错误不是不可避免的，而是完全可以避免的。所以发生这一事件完全是由于当时闽浙赣区（省）党委主观错误所造成的，领导思想存在右倾情绪，他们过分地夸大了敌人特务的力量，过低地估计了我们党的力量。城工部事件是福建党的历史上一次血的教训。要求中共中央批准，对过去闽浙赣区（省）党委处理城工部问题的案件予以彻底平反。省委在报告中对城工部党员提出 6 条组织处理意见。其中提到，要把审查结论向全党公布，对城工部党员应普遍的公开的摘除所谓红旗特务组织的政治帽子，解除他们的政治包袱，并对他们在使用、提拔、待遇等方面不适当和不合理的现象加以改变。

1956 年 6 月 13 日，中共中央下文批准福建省委《关于审查城工部问题的结论及组织处理的意见》的报告。1956 年 6 月 22 日，省委把中央批示和省委意见印发全省各地市县委、省委各部委、省直各党组、各直属党委贯彻执行。1956 年 6 月 27 日，在中共福建省第一次代表大会上，由省委常委、组织部长侯振亚代表省委作《关于闽浙赣区（省）党委错误处理城工部案件的审查报告》。1956 年 6 月 28 日在《福建日报》上公开发表城工部平反消息，至此，城工部大冤案终于彻底翻了过来，千古奇冤终于得到平反昭雪，各项政策也将逐步得到了落实……

张纬荣传达到这里感慨地道："城工部事件是我们福建党组织的历史上一次血的教训。不过，一个政党犯错误也是难免的。问题是犯了错误要敢于承认错误，敢于承认错误才会改正错误，继续前进。中国共产党敢于公开承认错误，勇于纠正错误，这是我们党有力量的表现，也是我们党的伟大之处。由于党中央英明和新省委正确，我们死难的城工部同志终于得到平反昭雪，大家的党籍也都将得到恢复。这个历史教训是深刻的，但中国共产党毕竟是一个伟大的政党，我们已为她奋斗了一辈子，决不能因为党内少数人的错误而怀疑我们的党，

155

希望大家一如既往地为共产主义事业努力奋斗。"

"你说得好哇！我们都应该顾全大局，正确对待，加倍努力为党为人民工作。"林正光、施修莪、陈孝义、詹逸群等兴奋地说。他们彻夜长谈对今后革命工作的憧憬和计划，直到黎明才依依不舍地和张纬荣告别离去。

1956年8月16日，省委组织部召开了全省处理城工部问题会议，贯彻中央和省委处理城工部组织问题的精神，部署全省上下全面开展对城工部的党员党籍和干部问题的调查处理。经过9个多月的调查摸底和细致工作，到1957年4月，对城工部党员党籍问题的处理基本结束，已恢复党籍的共有1276人。1982年又陆续落实一批未恢复的城工部党员党籍。对城工部干部的提拔、使用问题，省委组织部专门下发文件，得到妥善处理。对于被错杀的城工部人员，给予平反昭雪，恢复名誉，并追认为烈士，同时做好善后工作，其家属定为烈属。据统计，全省城工部人员2000余人，其中革命烈士136人（因城工部问题被错杀的117人，在战斗中牺牲的19人）。各级政府还对城工部烈属进行了抚恤。这是后话。

第十九回　节义慷慨　以死抗争

1966年夏天，史无前例的"文化大革命"爆发。

爆发没多久，波澜壮阔的运动烈火就燃烧到乌龙江北侧畔的螺洲古镇。在红卫兵小将到处大破"四旧"之后，揭批"走资派"罪行的大字报，就铺天盖地贴满古镇的街头巷尾。闽侯地专机关中层以上领导干部的大名，几乎都被机关干部组成的"造反派"当作"走资派"打着红叉叉上了大字报。

不过，也有一位中层领导干部在运动头两年的大字报里始终不见有他的大名。此人就是闽侯专署办公室副主任张纬荣。

1959年8月，闽侯专署恢复，专员李毅花了九牛二虎之力，把张纬荣从福建师范学院工会秘书任上，调回闽侯专署担任专署办公室副主任，至今8年过去，其间经受了"反右倾""四清"两个党内运动的考验，张纬荣平安无事，职务无升也无降，依然是一位拿笔杆的专署办公室副主任。

张纬荣不忘入党誓言，牢记共产党员的使命，一心扑在工作上，对工作极端认真负责。在这8年之中，他几乎没有星期天和节假日，每天晚上往往都要加班写文章到深夜。他们夫妻分居两地,妻子何友芬每个月难得一两次从福州来螺洲探望他一次,他也是埋头写那写不完、都很急的文章,很少陪她出去玩。他名为办公室副主任,手下也有一批文书、档案、通信、接待、司机、保安等办事人员,但实际上他是一个起草大文章和修改小文章的大秘书。由于专署机关公文的政策性都很强,必须同党中央的方针政策和当前的一些提法保持高度一致,因此,他除了认真学习中央和省委的文件外,他还广泛地阅读党报、党刊上的重要文章。他自订一份《新华月报》,对其中转载的带有方向性的重要文章总是读了又读。读书看报成了张纬荣的一种习惯,一种嗜好,一种享受,即使病重期间,他每天也要浏览好几份报纸。

张纬荣没有私心,不谋私利,他与世无求,与人无争。他一心为党,两袖清风,廉洁奉公。他为人谦虚、谨慎、低调,他严于律己,宽以待人,处处以身作则,对部属同志身教多于言教。他平易近人,没有架子,从不发脾气,从不骂人,从不训斥人。在专署办的文秘和接待工作中有时出了差错,他总是首先检讨自己,承担领导责任,然后再帮助当事部属总结犯错出事的教训,这使部属同志对他既感激又佩服。为此,大家在背后都亲切地称他为"我们的老张"。

张纬荣在闽侯地专机关中的口碑极佳,是一位非常得人心的优秀中层领导干部。无论是工作,是私生活,还是待人接物,他都是无可挑剔的。因此,两年来没有人贴他的大字报。

然而,在那个特殊年代,命运之神还是要找张纬荣麻烦的,他同其他绝大多数老干部一样,在劫难逃,遭到了难以忍受的冲击和凌辱。

1968年秋,随着运动的深入发展,闽侯地专机关的革命造反派也分成势不两立的两大派。两大派你死我活,不共戴天,严重对立,斗争激烈。在派性斗争最激烈的时候,众多老干部基本上都难逃挨斗的厄运。张纬荣得知造反派将要批斗自己时，心里反而坦荡起来。当时因"文革"辍学在家的女儿张方林正在螺洲照顾他。为了不让年幼的女儿心里留下阴影，他一早就打发女儿到乡下给他购买劳动用的锄头。傍晚，女儿扛着锄头从乡下回来，但批斗大会还没有结束，她路过会场前，但见父亲头戴纸糊的高帽，双手涂满墨汁，正被造反派揪斗。女儿哭着跑回家，为父亲准备一碗热气腾腾的鸡蛋羹，等待挨斗的父亲回来吃。父亲回来后，她流着眼泪把被墨汁染黑的父亲衬衫洗干净（张纬荣工资不低，但生活俭朴，夏天只有一件衬衫，又极爱干净，每天晚上将衣服洗净晾干，第二天再穿）。张纬荣见女儿伤心难过，反而笑着对她安慰道："共产党人是经得起风吹雨打的，这游街批斗算得了什么？那些造反派都是受蒙蔽的群众，你千万不要记恨他们。"第二天一早，女儿乘早班公交车赶回福州，告诉母亲爸爸被批斗的事。何友芬知道张纬荣被戴高帽游街后，担心他想不开，急忙从福州赶到螺洲安慰丈夫，鼓励他要大人大度，不予计较，一笑置之。

不久，军宣队进驻闽侯地专机关。军宣队进驻后所做的第一件事就是办"学习班"。许多地专机关干部，尤其是本地的干部，都进了学习班。这里所说的"学习班"，其实就是变相的关押，对参加"学习班"的人员实行隔离审查。进了"学习班"的张纬荣，再一次失去了人身自由。

"不做亏心事，不怕鬼敲门。"

张纬荣个人历史清楚，自从1946年9月入党以来，他一心为革命，从无做过一件对党对人民不利的事。因此，他不怕审查，他坦然面对，他相信部队首长会实事求是。

事实上，在隔离审查的开头也是如此。军宣队专案组讲政策，讲道理，坚持文斗，不搞武斗。除了不给他行动自由之外，也没有怎么为难他。他们看了张纬荣的档案材料，针对他的简历，出了5道题目，让他坦白交代，做出详细的书面回答，严正警告他不许隐瞒，如有隐瞒，后果自负。写文章本来就是张纬荣的强项，又是写自己经历过的事，不必动很多脑筋，不必构思打草稿，他只花一天时间，就一气呵成写完了。写完之后，他认真校对一遍，就交卷了。

交卷之后，张纬荣如释重负，好一阵轻松，当晚睡得很沉很香，临天亮时还做了一个美梦。梦见爱妻何友芬携15岁的长子张庄林、13岁的女儿张方林、11岁的次子张光林从福州来螺洲看望他。而他早已审查结束，获得人身自由，正伏案在自己的办公室里写一篇题为"论实事求是"的《福建日报》编辑部约稿……

一觉醒来，方知是梦，张纬荣想想梦境，不禁笑出声来。他笑自己的睡梦将要成真。然而，在那个年代的办案人员，不管是来自地方还是军队，他们的脑袋中一般都绑紧"阶级斗争"这根弦，他们几乎都遗忘了"实事求是"这四个字，岂能这么早就让张纬荣的睡梦成真？他们对张纬荣的"书面回答"材料进行认真细致的分析研究，得出初步的结论是：张纬荣这个"特务"非常狡猾，极不老实。要通过大会批判，小会斗争，勒令他坦白交代，重新做出深刻的上纲上线的书面检查。

"人在屋檐下，岂能不低头？"事出无奈，张纬荣只好再次做出长达万言的书面检查。由于张纬荣坚守"不讲假话、不做违心检查"的底线，先后写了三稿都通不过。

妻子何友芬日夜为被关押的丈夫张纬荣担忧，每个星期天她都从福州骑着自行车到20多里外的螺洲去看望他。有时，看守人员不让见，这时何友芬就拿出当年参加革命时的犟脾气，坚持据理力争，直到对方让步见到张纬荣方才罢休。当然，这也引起军宣队的不满，多处刁难。有一次，张纬荣的表妹结婚，送了一包喜糖。何友芬就带着这包喜糖去探望失去自由的张纬荣。可看管人员不准她带这包糖进去会见"犯人"，何友芬就剥了一颗红纸包的糖和一颗蓝纸包的糖捏在手里，待接见时隔着窗口塞进张纬荣的嘴里，让他尝尝久违的人间甜蜜。这件小小的事情竟被军宣队首长借题发挥，在次日的批斗大会上说："昨天，有一位从福州来看望'犯人'的女人，竟然拿糖果给'犯人'吃。这么大的人吃什么糖果呀？我们要警惕阶级斗争的新动向，那糖果一个是红的，一个是蓝的，这分明是特务暗号嘛！"一席话说得会场里哄堂大笑。但不知此时的人们是笑送糖果的女人"多情"？还是笑军宣队的首长"无聊"？

时令进入这年寒冬腊月。本来四季如春的螺洲古镇此时也是刺骨的冻。也许是衣被太过单薄，也许是精神受了严重刺激，关押在隔离斗室里的没有犯罪的"犯人"张纬荣病倒了。连日来，他高烧不退，咳嗽不停，几乎汤水不进。经部队卫生员检查，说是偶感风寒，吃些药打打针就会痊愈，并无大碍。但张纬荣自己却觉得这次患病同往日的伤风感冒不同，难受多了。此时，他想起心爱的妻子何友芬。但何友芬此时也因被国民党逮捕的经历而受到医学院造反派的隔离审查，失去了人身自由，已有两个星期没有来螺洲看望他了。

常言道"福无双至，祸不单行"。正当张纬荣处于最难受的人生低谷之际，来了一帮平潭造反派向军宣队首长提出揪张纬荣回平潭接受革命群众审查批斗的要求。这对张纬荣来说当然又是"雪上加霜"。不过，军宣队首长没有满足他们的要求，不让他们把张纬荣揪回海岛平潭去审查批斗，但却同意让这些造反派随时到"学习班"提审还在病中的审查对象张纬荣。

这帮平潭造反派的用心是离奇的险恶，他们从派性利益出发，居然逼迫张纬荣承认："1949年5月5日平潭人民游击支队解放县城是'假解放'，是平潭国民党当局设计的'苦肉计'，以便把大批国民党特务打进共产党内部。"他们以为只要当年游击支队政委张纬荣承认了是"假解放"，是"苦肉计"，那么，他们就可以把对立派中由游击队出身的各级领导干部打成暗藏的国民党特务给予严惩，进而把他们所掌控的党政财文大权夺回到他们这一派的造反派组织手中来。他们还以为文质彬彬、手无缚鸡之力的文弱书生张纬荣，只要让他吃些皮肉之苦，就可以让他屈服，乖乖地听他们的摆布，做出他们所需要的假证明。因此，在连续一周的提审中，他们对张纬荣用尽威胁利诱、严刑拷打、人身污辱之能事，逼他就范，使他的精神和肉体都遭受到难以容忍的摧残。那知张纬荣体弱骨头硬，他宁折不弯，宁死不屈，同这帮狂徒进行针锋相对的抗争。他大义凛然地对他们说："你们这是对我的人格极大污辱！告诉你们，士可杀而不可辱！你们可知道，石可破也，不可夺其坚；丹可磨也，不可夺其赤吗？你们要我颠倒黑白，作假证明，把革命说成反革命，除非你们有本事把石碑洋搬到君山插云峰上，否则休想。"

诚然，这帮造反派不是省油的灯。他们临离开时竟丢下一句狠话："明天我们事先写好证明让你盖手印，届时你不盖也得盖。"张纬荣知道这帮灵魂扭曲的造反派说得出做得到，本来有病的自己这一周被这伙狂徒折磨得筋疲力尽，举手反抗之力俱无，他们明天要强抓其手盖手印的阴谋势必得逞。那么，一大批与他生死与共的平潭游击队战友必将遭受严重的迫害！"这怎么可以？这绝对不可以！"张纬荣心中暗暗呼喊着。"那我该怎么办呢？"张纬荣只想一瞬，一个念头便从他心中升起："以死抗争。"张纬荣想到了一种"自觉的牺牲"。他想，如果自己死了，这帮造反派就得不到他们所需要的"假证明"，就可以使平潭游击队战友们免遭灭顶之灾。不过，自杀也是需要勇气的。毕竟世界是美好的。求生是地球动物的本能。蝼蚁尚且偷生，为人何不惜命？即使自己不贪恋人生，但也要为亲人想一想啊！他死了之后，留下爱妻和未成年的3个可爱儿女怎么办？于是，张纬荣想来又想去，经过整整一天一夜的反复考虑和痛苦煎熬，他终于做出了决定：为保战友以死抗争。决定之后，张纬荣要做的第一件事，就是写了一封要子女们永远忠于党和祖国的遗嘱；第二件事就是解决自我了断的工具。他借口需要回家取几件换洗的冬季衣服，在看守人员的监督下，回到了宿舍。在宿舍拿衣服时，他趁看守人员不备，偷偷地藏起一把剪刀带进学习班。在夜深人静的晚上，他躲在被窝里，用白天从家里带来的剪刀插向自己的喉管。登时血如泉涌，浸透毛毯，并且嘀嘀嗒嗒地滴到了地上，从而惊醒了同监室的难友。难友一面大声呼喊救人，一面伸手抢夺他手里的剪刀。但是，张纬荣死志已决，见有人来抢他的剪刀，竟用尽全身之力，将剪刀往深处捅进去。这一刀竟剪断了他的会厌软骨，以至于以后每当进食都会呛到肺里，这可能是后来发展成为肺癌的一个潜在病因吧。幸好发现及时，经过医院抢救，张纬荣又一次死里逃生。

次日天大亮，从昏迷中苏醒过来的张纬荣不知自己身在何处。"我还活着吗？这是哪里呀？"他喉管插着喉套，发不出声音来。

"你醒了？谢天谢地，纬荣，你终于醒了！这真是天佑好人啊。"伏在病榻旁照顾张纬荣的女人惊喜地说道。

这位伏在病榻旁照顾张纬荣的女人并非他的夫人何友芬，而是当年的红颜知己林素心。

林素心结婚后生育有3个子女，但是很不幸，她的丈夫在"反右"斗争中被错划为右派下放农村劳动。林素心也由福清调到螺洲小学当老师。一直以来，张纬荣和林素心两人都保持着纯洁的革命友谊。当得知张纬荣出事时，林素心立即赶到福州塔亭医院（今福州市第二医院）护理。当看到张纬荣已经脱离生命危险后，她忙赶到福建医学院通知何友芬。

何友芬后来说："林素心是我的莫逆之交。1964年，她从福清调来螺洲工作，纬荣也在螺洲，而我却在地处福州的福建医学院。她给纬荣很多照顾。她常常做一些纬荣喜欢吃的东西，让女儿林立给纬荣送去。张纬荣要下乡当社教工作队，林素心就给他买了生活用品。我对她心存感激，我们两家一直密切往来，互相帮助，直到'文革'结束后素心一家移居香港，才中断了联系。"

正在被隔离审查的何友芬见到跑来通知的林素心，知道张纬荣自杀未遂住院，焦急万分，忙向专案组请假。但只准假白天一天，晚上必须回校关押。何友芬到塔亭医院看望静卧病榻上的丈夫后又去螺洲处理纬荣宿舍里的事。下午大雨滂沱，她从螺洲冒雨骑自行车回校，身上穿的棉衣全淋湿透了。

张纬荣气管插管拔除后出院，但仍在看管之中，即被送回螺洲闽侯地区医院继续监督治疗。何友芬尚在隔离审查之中，只能由13岁的女儿张方林陪同到螺洲照顾父亲。张纬荣在螺洲只有一间不带厨房的单人宿舍，张方林就寄居在林素心家，林素心和女儿林立给张纬荣父女极大的帮助，因为张纬荣割断了喉管，有很长一段时间都是插着胃管，靠流质食物维持，林素心母女每天都要准备营养可口的流质（即把食物炖成极烂、极浓的汤汁），送到医院喂他吃。

据张庄林后来在《听妈妈讲那过去的事情》文章中说："父亲这时非常盼望能见到母亲。但因为母亲也被隔离，无法做到。父亲因为见不到母亲而伤心，同时也万分担心母亲也会忍受不了这种残酷迫害而自寻短见。但我告诉父亲，母亲是一位勇敢、坚强的革命女性，请他放心。"

张纬荣被迫以死抗争的事，惊动了军宣队的上级机关。在上级首长的干预下，军宣队专案组经调查和分析，对张纬荣的历史做出了颇为实事求是的审查结论，于1969年初给予解放。

但那时还处于"十年动乱"时期，"左"的空气依然浓厚，说解放，其实解放不彻底，对张纬荣只是解除隔离审查，还他人身自由，恢复党的组织生活，并没有安排他的正式工作。

真正安排他正式工作的，是1972年7月，调他到闽清电瓷厂担任厂长兼党委副书记。

闽清电瓷厂位于著名瓷都闽清县的梅城县城，其全称为"莆田地区闽清电瓷厂"，有工人800多人，乃地区直属县处级大型地方国营企业。安排张纬荣担任这样级别和规模的工厂当厂长，也算是对他落实了老干部政策。不过，行政和企业的体制差别，大相径庭。明眼人都看出组织对老干部张纬荣的落实政策并没有落实到位。然而，作为一个真正的共产党员，张纬荣不忘初心，牢记曾焕乾的教导，对个人的荣枯宠辱并不在意。不论党把他安排在什么地方，什么岗位，他都乐意接受，努力把工作做好。他不但不怨天，不忧人，而且对党组织的安排总是心存感激。

第二十回　重轭再起　开辟新局

　　1972年7月中旬的一个上午，闽清电瓷厂办公室刘主任接到莆田地区工业局的电话通知，说新厂长张纬荣今天上午将从永泰乘长途汽车到闽清电瓷厂走马上任，请他们派员到梅城车站迎接。

　　刘主任是位老主任，不但年近半百，而且是中华人民共和国成立初期的老党员，在这个岗位上也有10多个春秋。他是闽清本地人，现为厂党委委员兼厂办主任。一旦书记、厂长外出，他就主持厂里的全面工作。

　　刘主任工作高度负责，办事一丝不苟。他接到上级的电话通知后，不敢怠慢，忙命一位老司机准时开小车到梅城车站迎接。虽然工厂离车站不远，但考虑到新厂长初来乍到，人地生疏，刘主任便嘱咐老司机要早些出车等候，千万不要耽误了。由于新厂长和老司机互不认识，他特地交代老司机要带上一块写着"闽清电瓷厂"接客车的厚纸皮牌子。见老司机一一点头答应，刘主任便到行政科，布置行政科长中午在本厂职工食堂二楼小厅里设一桌便宴为新厂长接风，并通知各位科长、车间主任等厂里中层领导干部一起出席作陪，以示对新厂长上任的热烈欢迎。

布置停当之后，刘主任立马回办公室，起草一份向新厂长介绍厂里基本情况的提纲。然后，他直接打电话到永泰莆田地区留守处，查问新厂长从永泰乘车出发来闽清的准确时间。获得了对方的准确答复后，刘主任估算了一下，新厂长坐的长途汽车上午10点半就会到达梅城车站，11点就会接到工厂里来。因此，他在11点前就走到工厂大门口迎候。然而，刘主任站在大门口迎候到11点过，并没有见到接新厂长的老司机小车开进厂来。他当然再等，等到11点半后，终于看到老司机的北京牌吉普车笛一声开进厂大门。老司机早看到翘首以待的刘主任站在那里，便停了车。刘主任欲趋前同车内的新厂长问好，却见老司机从拉下的前车门窗口探出头来说："没接到。"

"为什么？"

"从永泰开来的长途车一停在车站内，我就举着接客牌子挡在车门口，瞪着一个个旅客从车厢里走下来，但没有一个旅客见到接客车牌同我打招呼。"老司机无奈地说，"可见他们之中没有我要接的新厂长。"

"你为何不再等等？"刘主任问。

"我问了长途车的司机和车站的工作人员，他们都说今天从永泰到闽清的长途汽车只有这一班。"

"这就怪了。"

刘主任说着赶快跑回办公室，再次打电话到永泰地区留守处，查问新厂长张纬荣今天上午到底有没有离开永泰来闽清？接电话的永泰留守处干部说："有，是我亲自送张主任上车的。"

"这就怪了，这就怪了！"这句话在刘主任的心里说了又说。

"那中午一桌接风宴怎么办？刘主任。"行政科长进来问。

"你说呢？"刘主任分析新厂长可能有事提前一站就下车，但新厂长办完事后下午总会来到厂里的，于是他说，"留着晚上用吧！"

"好的。"行政科长点点头走了。

"啊，12点半了。"

刘主任抬腕看一下手表，惊叹一声，赶忙关了办公室门，到职工食堂吃午饭。吃罢午饭，刚走出餐厅之际，他无意间看到一个手提很沉行李的陌生人走进厂里来，心想可能是新来的张厂长，他便走过去同其打招呼："同志，您是？"

"您是？"陌生人不答反问。

"我是刘主任。"

"刘主任，你好！"陌生人放下手中的行李，同刘主任握手，"我今天刚从永泰过来，正想去找你。"

"啊，您莫非就是新来的张厂长？"

"没错，我就是张纬荣。"

"对不起，张厂长。"刘主任再次同张纬荣紧紧握手，"我派小车到车站接您，可是没有接到，真是对不起。"

"没有接到有什么要紧？让我走走，熟悉一下新环境，不是更好吗？"张纬荣笑笑说。

"您说的也是。"刘主任提起张纬荣放下的行李说，"走，张厂长，我带你到餐厅吃午饭。"

"好，我听你安排。"张纬荣说着跟刘主任走。

吃罢午饭，刘主任带张纬荣到宿舍休息。张纬荣说："下午你带我到厂里走走吧。"

"不，张厂长，您今天刚来乍到，一路辛苦，也累了，下午还是休息。等明天上午再带您参观厂房吧！"刘主任说得很诚恳。

"谢谢你的好意，但我不累。"张纬荣说，"不然这样，你有事先去忙着，下午就让我自己一个人随便走走看看吧！"

"张厂长，您既然这样说，那我们下午上班时就一起走走。"刘主任说，"厂长您说，我这个办公室，本来就是为厂领导服务的办事机构，我还有什么比陪同新来的厂长熟悉厂里情况更重要呢？"

张纬荣听了颇为感动，但他没置可否。

于是，急于了解厂里情况的张纬荣，在走马上任的头一天下午就进入角色，视察厂情。

刘主任对厂里的情况了如指掌，又有所准备，他陪张纬荣边参观厂区内外，边介绍厂里情况，整整花了3个小时，让张纬荣看完听完厂里的大体情况。

原来，这个地属闽清电瓷厂，是50年代中期建立的老工厂，经过10多年的风风雨雨，工厂的规模有所发展。现在厂区面积达5万多平方米，建筑面积6万多平方米，固定资产2000多万元，全厂职工800多人。其主要产品是陶瓷插板、陶瓷插座、陶瓷接头、闸刀开关、瓷灯座、瓷灯头、熔断器、电子瓷配件、电瓷避雷、接线端子、绝缘子等等。产品主销广东、浙江、上海、江苏、北京等省市。但是，这几年"造反有理"派性斗争，党政领导和技术干部挨斗靠边，给生产带来很大的干扰和破坏，工厂几度处于瘫痪状态，不然工厂的发展会更好……

"你认为，当前工厂存在的主要问题是什么？"参观完回到招待所临时住处，张纬荣问刘主任。

"我认为，当前工厂存在的主要问题，一是派性，至今两派群众还处于对立状态，影响团结，影响生产；二是原厂行政领导和技术骨干还在受审查，靠边站，需要落实政策，把他们解放出来工作。"刘主任如实说。

"你说得很好。"张纬荣很赞同刘主任的看法。

"张厂长,厂里的中层干部听说您来当厂长,大家都很高兴,都想早些见到您。因此,我想今天傍晚在餐厅二楼的小厅里开个见面会,听听您的指示。您看好不好?"刘主任说得很委婉。

"我长期在行政机关里抄抄写写,对于如何管理一个企业,我没有经验。因此,初来乍到的我,只能当小学生,向大家学习,哪有什么指示?"张纬荣说,"不过,同大家见见面,那是应该的。"

"那好,我去通知。您先休息一会,等下我来带您一起走。"

刘主任说着走了,但张纬荣没等刘主任来接,只在房间里休息一会儿,就自个走到餐厅二楼的一个小厅门口。没想到一看,这个小厅内却摆着一桌酒宴,而且已经坐着许多人。张纬荣以为走错门,忙退出来,但迎面碰上急匆匆赶来的刘主任。

"张厂长,是这一间,没错。"刘主任挡住张纬荣说。

"刘主任,你不是说是见面会吗?怎么变成宴会呢?请谁?谁请?"

"张厂长,您听我说,这是我们厂长期以来的规矩。"刘主任说,"新领导来我们厂当书记,当厂长,厂里办个简便的接风宴,见见面,这有不妥吗?"

"那么,酒宴的钱谁出?"张纬荣问。

"这一点点钱,当然是由厂里接待费中报销了。"刘主任说,"张厂长,这项财务制度,是经过'四清'运动审查通过的。我是严格按照制度办事的。"

"制度是人制订的,不合理的制度就应该修改嘛。"张纬荣一本正经地说。

170

"张厂长，您说该怎么修改呀？"

"我看，应该修改为谁请客谁出钱。"

"张厂长，我同意修改不合理的规章制度。但是，现在还没有修改，今晚就按照原制度执行吧。"刘主任说，"不然，大家没有这个思想准备，难免感到突然，感到尴尬，不开心。"

"刘主任，你说的似乎也有一些道理。"张纬荣说，"不然今晚就按老规矩办，以后就改为谁请客谁买单。好不好？"

"好，张厂长，我同意。"刘主任忙说。

于是，刘主任引领张纬荣走进小餐厅入座，并向在座的科长、车间主任们朗声道："这是新来的张厂长。为了表示对张厂长的欢迎，请大家热烈鼓掌！"一阵掌声过后，刘主任说："现在请张厂长对大家做指示！"

"我没有指示，但有请求。我一向在行政机关工作，对管理企业没有经验，在座大家都是工厂里的管理和技术骨干，有多年的企业工作经验，我请求大家今后多多教我，支持我，帮助我把我们的工厂管理得更好。"

席间，各位科长、车间主任依次轮番向新厂长作自我介绍，并碰杯敬酒；张纬荣以茶代酒答谢，默默记下对方的姓名和职务。整场饭局，杯盏交错，欢声笑语，气氛浓烈。

饭饱酒足散会，科长、车间主任们在回家的路上议论说，这位新厂长与众不同，没有架子，文质彬彬，很谦虚，和蔼可亲。

通过这场"见面饭"，张纬荣大致了解到，这个曾经雄踞华东地区重要经济支柱产业，在这几年派性斗争风浪中，几近停产。许多技术骨干被靠边，领导干部也大多被扣上各种莫须有得帽子，现在的工人的工资都发不出去了。真是百废待兴啊！

张纬荣回到招待所住处后抬腕看一下表，此时才夜晚 9 点半。49 周岁的他精力旺盛，尚无睡意，便伏案写"厂长近期工作计划"。

这是张纬荣的好习惯。不管在什么岗位，从事什么工作，他都要为自己制订一个工作计划，使自己的工作有条不紊，有计划有步骤地进行，以提高工作效率，严防顾此失彼。次日，张纬荣就开始按照他制订的《厂长近期工作计划》开展工作。

第一，大刀阔斧，落实干部政策，调动全厂职工的生产积极性。

张纬荣本身长期蒙受冤假错案迫害之苦，他对蒙冤受害的干部特别同情，特别关怀。他来到闽清电瓷厂上任后，发现这个 800 多人的工厂，历经 6 年运动，居然还有 12 位原厂领导干部和技术骨干，背着种种"莫须有"的罪名，被无限期的隔离审查，没有解放。探究其缘由，是"左"的思潮影响，专案组的领导权被派性所把持。于是，张纬荣当机立断，采取一系列果断措施，大刀阔斧解决：

一是调整充实专案组，任命党性强的刘主任为专案组组长，把派性严重的人员调离出专案组；

二是加强对专案组的领导，要求专案组订出人头落实计划，限期完成落实任务；

三是指导办案人员掌握"疑罪从无"原则，对于事实不清，证据不足的，应该做出无罪结论，给予解放。

功夫不负有心人。在张纬荣的直接领导下，专案组办案人员经过 3 个月的努力，终于对 12 位原厂行政领导和技术骨干落实了政策，恢复了原来的工作职务，调动了他们的工作积极性。特别是帮助原技术副厂长摘掉了强加其头上的"特务""内奸"两顶帽子，恢复其技术副厂长职务和工资级别，使他对党组织和张纬荣心存感激，忘我地积极工作，成为张纬荣最得力的技术助手。

第二，下大力气，调处两派纷争，创造全厂安定团结搞生产的新局面。

张纬荣上任没几天，就发现厂里派性活动猖獗，两派群众处于对立状态，严重地影响团结，影响生产，已经到了非解决不可的地步了。但是，解决派性问题是个很头痛的难事。张纬荣冥思苦想，想了两个办法解决。

一是同派性头头交朋友，建立朋友之间的感情，做到以情动人。张纬荣自己不搞派性，也讨厌搞派性的头头，但为了帮助其改正，就同他们交朋友，使他们相信你，听你的话。经过 6 年运动考验之后由上级派来的新厂长是很有权威的。两派头头为了争取新厂长支持自己这一派，本来就都想向他靠拢，见张纬荣主动找他谈心，热情地同他交朋友，无不喜不自禁。又见张纬荣办事公道，注意两派平衡，做到一碗水端平，两派头头和群众对张纬荣都很友好，不但信任他，而且能够听他的活。

二是抓住两派头头的"软肋"，用毛主席有关语录进行启发，做到以理服人。在和两派头头都成了无拘无束的好朋友之后，张纬荣一次到莆田地区开会，就有意携带两派头头陪同。夜晚 3 人住在一个房间里，张纬荣说："你们两个革命群众组织，一个名毛泽东思想造反司令部，一个叫毛泽东思想革命勤务组，两个组织都高举毛泽东思想旗帜，可见你们两派本来就是同根生，都是按毛泽东思想办事的，我这样说对吗？"两派头头异口同声道："对，我们最听毛主席的话。"张纬荣笑道："我看未必，毛主席有一句很重要的话，你们就是不听。"两派头头同时问："哪一句话？"张纬荣说："'既然都是革命群众组织，就没有理由一定要分裂成为势不两立的两大派'。这句话是伟大领袖毛主席说的，没错吧？你们听了没有？"两派头头无言以对：

"这……"

会后回厂，两派头头都在工厂的布告栏里发表"公告"，宣布解散各自的群众组织。从此，全厂出现了一个安定团结搞生产的新局面。

三是深入车间，和工人打成一片，千方百计把厂里生产搞上去。

为了把厂里生产搞上去，张纬荣投入了全部精力，采取了许多措施，可谓"千方百计"了。从1972年7月到1978年2月近6年间，张纬荣几乎都泡在几个车间里，和工人同吃、同劳动，和工人一起研究改进技术、提高工效等问题。厂里工人都把张纬荣当成知心朋友，支持他的工作。

6年来，在张纬荣的强有力领导下，闽清电瓷厂的规模不断发展壮大，厂区面积达6万多平方米，建筑面积7万多平方米，全厂职工1000多人。厂里集一批高素质的专业工程技术人员，吸收国内外最新的技术工艺，形成科学合理的设计和完善的产品结构，具有成套的生产装备和先进的检测设备，确保了闽清电瓷厂的产品质量，受到了国内外用户的一致好评。年产值已破5000万元大关。产品远销欧美、东南亚、中东等世界各地，成为世界电瓷主产地之一。

现在，闽清电瓷厂的基础很好，发展的潜力很大。不但具有得天独厚的优质高岭土资源，便利的交通、充足的电力、一流的标准厂房和宽敞的场地空间，而且队伍强大，设备齐全，技术先进，形成了生产高压电瓷的优越条件。这同厂长张纬荣的6年苦心经营分不开的。职工们都说，张厂长是我们的好厂长，他办厂有功，功不可没。

第二十一回　天不假年　壮志难酬

　　为了把闽清电瓷厂生产搞上去，张纬荣投入全部的精力，可他从不关心自己的身体。1978 年元旦，张纬荣回福州和妻儿团聚，但他惦记厂里的工作，下车时当即买了次日回闽清的车票。回到家里，何友芬发现他那一向挺拔的身躯竟然有点佝偻，觉得不对劲。经追问他，他才实话实说道："我这一段时间背部酸痛得很厉害，厂里医务室开给我的风湿灵服了也没什么效果，还经常喘不过气来。我从山下的办公室走回山上的宿舍都要在中途停歇两三次才能走到。"在医科大学工作多年的妻子何友芬敏感地感觉到情况不妙，她当即要求张纬荣立即到医院检查。但张纬荣仍然坚持次日要回闽清。他说："我还是先回工厂，等春节放假回福州时再到医院检查。"由于元月 2 日厂里要开会研究生产和调整工资问题，张纬荣没法留福州做检查，事出无奈，何友芬只好带他敲开邻居校医院陈医生的家门，请陈医生给他简单检查一下。经这一检查，陈医生顿时变了脸色，她告诉何友芬，必须马上到医院进一步检查，明天绝对不能回闽清了。在妻子的再三催促下，张纬荣才到医院做检查。经胸透发现他已有大量胸水，医生诊断可能是晚期肺癌，要求他立即住院复查。但张纬荣关心厂里工作，远远超过关心自己的疾病，仍然说要先回工厂布置好工作之后再来住院复查。然而，医生坚决不同意，要他马上住院。在此情况下，张纬荣只好写了许多封信给厂里有关干部，对厂里的工作做了详细的交代，方住进省人民医院，接受进一步检查和治疗。

治疗的过程是非常痛苦的，因为是晚期，无法动手术，只能用药物化疗，严重的化疗反应使他的体力受到极大的摧残。几天一次的胸腔穿刺抽胸水，开始时还能抽出大量的血性胸水，到后来，胸膜纤维化，医生反复穿刺都抽不到胸水，张纬荣始终咬紧牙关，不吭一声，积极配合医生的操作，还安慰年轻的医生不要紧张。负责治疗的医生都非常钦佩他的坚强和善良，他们全力研讨治疗方案，努力要挽回这个好人的生命。但是，天妒英才啊！55岁的张纬荣，正赶上改革开放前的曙光，正准备放开手脚奋力一搏，大展宏图之际，凶恶的病魔无情地吞噬着他的身体，他的雄心、他的抱负，在这小小的病房里被慢慢地湮灭了。

病榻上的张纬荣时时惦记着厂里的工作，而闽清电瓷厂的广大职工，也都牵挂着老厂长的健康，张纬荣深受闽清电瓷厂职工的爱戴。他们敬重张纬荣大公无私、平易近人、关心工人疾苦、密切联系群众的为人风格。许多工人都是在下班后匆匆乘火车来医院看望老厂长一眼，然后就匆匆搭末班火车赶回工厂。尽管只看几分钟病榻上的老厂长脸面，只讲几句挂念老厂长病情的话语，让纬荣知道大家都憋足一口气，努力要把生产搞上去。这是对张纬荣最好的安慰，他那张毫无血色的憔悴的脸庞上展现出欣慰的笑容。

天不假年，岐黄无力。1978年11月7日（戊午年十月初七日），中国共产党优秀党员张纬荣同志，积劳成疾，医治无效，不幸在福州逝世，享年 55 岁。

显然，张纬荣的早逝，是由于积劳成疾，是迟于检查发现，是没有及时治疗，不然他不会那么早就离开越来越美好的人间。

在他人生落幕之际，改革开放的春风已经吹动，国家经济建设曙光初现。更为值得宽慰的是，1978 年，正值高考恢复，家中 3 个子女，长子张庄林以优秀毕业生留校任福州大学机械系助教，女儿张方林和次子张光林均以优异的成绩成为恢复高考后的第一批大学生。女儿考入福建医科大学，学习医疗专业，次子则考入福州大学，学习建筑学。国家的新面貌，家人的新景象，为张纬荣带来了对国家、对后人未来曙光的憧憬，给予他难以言喻的宽慰。如果生命之神多给他一些时间，那他就能够与我们一起分享数千年以来，中国历史上最伟大的发展历程。对于这个遗憾，女儿张方林以诗感怀：

忠魂已上九重天，论定自有人心偏。
平生不知何为己，沥胆为国卅三年。

花中犹见神采奋，今日何处觅遗踪。
常嘱儿辈勤效国，宏志未就慈容辞。

寒夜惊梦泪侵衰，恸恸何以慰先严。
岐黄无力竟辞世，一别幽幽怅冥泉。

张纬荣深受闽清电瓷厂职工的爱戴。他们敬重张纬荣大公无私、平易近人、关心工人疾苦、密切联系群众的为人风格。张纬荣病逝之后在闽清电瓷厂隆重举行追悼会，参加的有省里和莆田地区的领导及同事，有平潭的战友和群众代表，有本厂的职工等1000多人。会场上，摆满花圈，挂着一副代表全厂千余职工心情的挽联：

闻噩耗，全厂上下深哀切；
为人民，勤劳朴素留遗风。

厂里的电工还专门制作了一盏用55个灯管串成的花篮挂在追悼会现场，以表示全厂职工深切悼念55岁仙逝的敬爱老厂长。

第二十二回　高风劲节　青史流芳

张纬荣同志的一生，是革命的一生，战斗的一生，无私奉献的一生。他不忘"报国救民"初心，牢记为党为人民献身使命，无论受过多大的委屈和冤枉，他对党和祖国的赤胆忠心从来没有动摇过，表现出一个共产主义战士的铮铮铁骨。他襟怀坦白，光明磊落，严于律己，宽以待人，从不文过饰非；他顾全大局，宽容大度，忍辱负重，从不计较个人得失；他只求奉献，不谋私利，清正廉洁，生活俭朴，始终保持着人民公仆的本色；他严格要求子女和亲属，处处表现出一名老共产党员的高风亮节；他琴心剑胆，既有情趣，又有胆识，妙手著文章，铁肩担道义，是一代文韬武略、能文能武的海坛才子。他的思想，他的情操，默默地影响着他身边的人。在艰苦的斗争年代，他说服在国民党政府任职的父亲不断捐出自家的黄金现金支持他的革命工作，他还带领自己已成年的弟妹纷纷参加革命，就连已经出嫁的大妹也成为积极支持地下党工作的基本群众。然而，天妒英才，华年早逝。张纬荣同志仅仅度过人生的第55个春秋，就急匆匆地走了。

张纬荣在年轻时代，就能洞察时弊，追求革命理想，他倾注满腔热血投身于改造腐朽落后的旧中国、建设繁荣富强的新中国的时代洪流中。他一生经历坎坷挫折，始终牢记初衷，蒙冤数年仍坚持投身革命时的信念。他才华出众，曾是福建省委文教部、闽侯专署的笔杆子，谈经论道，行文流畅，所到之处，无不受人信任爱戴。他所追求的是以己所任，以己之力回报他热爱的祖国和人民。

从1977年到1978年，国家政治生活发生了巨大的深刻的变化。理论界开展了真理标准问题的讨论，解放思想，实事求是逐渐成为全党全国人民的共识，结束"以阶级斗争为纲"的错误路线，把党的工作重心转移到经济建设上的发展趋势已经呼之欲出。对于从年轻时代就立志报效国家的老革命者无疑在这场思想解放的运动中最深刻地感受到改革开放、以经济建设为中心的深刻意义。革命的理想就是通过发展经济改善人民生活，通过发展经济使国家繁荣昌盛，因此，当改革开放的春风吹来的时候，张纬荣满怀喜悦，不顾虚弱的身体，忙于传达宣讲解放思想，实事求是，把工作重心转向经济建设的中央文件精神，与上级、同事谋划企业的发展蓝图，谋划如何通过发展经济改善提高这个千人大工厂的职工生活水平。在他的日志里，在他的会议发言稿上，充满了抓紧时间，要把被"左倾"错误路线耽误的生产抢回来的强烈愿望和工作计划。从张纬荣的工作经历来看，他其实是对经济工作有比较有研究的经济型干部。中华人民共和国成立初期，他任县委政策研究员，专注于当地经济建设的研究。他为县委起草的《为废除海上封建剥削制度，发展渔业生产而奋斗》的报告稿子，从平潭岛的实际出发，就土地改革、渔业生产、滩涂养殖、村民及渔民收入分配等振兴平潭经济急需明确的政策问题进行了精辟深刻的论述，得到了省地县委的充分肯定，得到了群众的拥护和支持，得到了中央《人民日报》的摘要转载。在他任职的岗位上，他不仅立足闽清电瓷厂，怀揣振兴国有大企业的韬略，对于他的家乡平潭县，他也倾注满腔热情。只要他回福州，他总要安排时间接待来自平潭的老战友，他们中有的是平潭县党政机关的领导干部，有的是解甲归田的农民，张纬荣都与他们促膝谈心，谈他对平潭家乡的感情，谈他对平潭经济发展的想法、建议，来自平潭的干部和乡亲时常是一批又一批接踵而来，他们快乐地与张纬荣分享理想和智慧。

张纬荣同志一生倾注了对国家、对企业、对家乡的爱，他怀着为国家经济建设献出智慧和力量的愿望，但是，在付诸实践的征途上，无情的病魔夺去了他的生命，可叹啊！一位充满激情理想的智者，其生命定格于历史性改革的篇章开篇之前。

张纬荣同志虽然离开了人间，但是，他的光辉形象永远活在他的亲人、战友和同事们的心中。人们怀念他，这几年来写了许多回忆他生前感人事迹的纪念文章。

笔者访谈过与张纬荣共同战斗过的平潭游击队战友，闽侯专署老同志都深有感触，在战斗的岁月，张纬荣是他们坚定的战友，在战争最困难的岁月，张政委是他们的小诸葛；在和平建设时期，他是我们的贴心人，谁有困难找他，张纬荣都能及时尽力伸出援助之手，认识他的群众，都爱称他为我们的老张，真是有口皆碑。

夫人何友芬在《怀念纬荣》一文中写道：

张纬荣的一生是为国为民的一生。除了工作之外，他满脑子想的都是"国"和"民"两个字。他关心国家大事，每天总要看好几份报纸，即使患病期间也是报纸不离手。他对"四人帮"反革命集团深恶痛绝，对老一辈革命家受迫害愤愤不平，特别是对彭德怀蒙冤而死深为同情。他关心人民群众的生产和生活，对受苦受难的人民群众富有浓厚的悲悯情怀。他常常为自己无力扶贫解难而叹息。他疏财仗义，乐于助人。我在地下工作时结识了一位老大妈，为工作方便，我认她为干妈。这位干妈在照顾和掩护地下同志方面做了很多事，尽了很大责任，对革命有贡献。但在中华人民共和国成立后，她生活有困难。张纬荣知道后，主动对我提出，从我们的津贴中每月提取 5 元送给干妈作为她的生活费用，并保持同她经常来往，直到她过世为止。张纬荣经常拿钱资助有困难的老战友，从不吝惜。但他对自己的生活却十分节俭朴素，他一生连一件像样的衣服都没有。他从来不抽烟、不喝酒、不吃零食。他长期一个人吃机关大食堂，排队购买冷饭冷菜过日子，从不叫苦。偶然回到福州我家，我父母煮什么他就吃什么，总是说很好吃。有次我父亲风趣地对他说，"你一个月工资 100多元，连一碗清汤面也叫好吃？"1958 年，张纬荣在福建师院先后任历史系党支部书记和院工会秘书，福州市委副书记、原闽浙赣省委委员王一平的妻子陈惠民被打成"地方分子"，开除党籍，安排在张纬荣手下工作。张纬荣对她百般关心照顾。陈惠民平反后多次对我表示感谢，说张秘书为人非常好，在她最困难的时候照顾她，使她渡过难关。闽清电瓷厂有位女炊事员乃寡妇，其女儿小黄是独生女，在山区插队劳动已多年。张纬荣上任后对她落实党的照顾政策，把小黄照顾回厂里安排工作，使其母女得以团聚。张纬荣非常注意同周围群众的关系，我每次到他宿舍小住，他总是嘱咐我讲话要小声，走路要轻些，生怕影响周围群众的休息。张纬荣虚怀若谷，宽容大度，从不计较小事，从不因琐事与人争执，所以他深得人心。

胞弟张锡九在他的《无限深情忆纬荣》的文章中写道：

纬荣是我的同胞哥哥，也是我的入党介绍人。是他引导我和二妹张素君、三弟张纬敏先后走上革命道路的。他那革命一生的丰功伟绩，恒河沙数；他那为人处世的高风亮节，不胜枚举。本文仅述一二，以示缅怀。

①乐善好施。纬荣一向喜欢做善事，乐于拿钱财和物品接济有困难的人。记得1948年寒冬，我和几位战友住在福州水部一户基本群众家，负责油印地下党报纸。当时地下党的活动经费非常紧缺，一日三餐都成问题。春节前夕，张纬荣特地带一些钱来，准备给我们过年用。但是，他来了之后，听说这家房东经济非常困难，便将这些钱全部赠送给房东。春节过后，我们改住南公园林文海家，我买了一块深蓝色布料，质地较好，准备给自己做上衣。但被房东老妈妈看见，她对这块布料赞不绝口。纬荣见老妈妈喜欢，便把这块布料接过去，在老妈妈身上比来比去，说"天气冷了，这块布送给老妈妈做夹衣穿正合适"。老妈妈欣然受之。我此时心里虽然不尽乐意，但也只好认了。中华人民共和国成立后，每年都有不少过去帮助过地下党的群众到闽侯专署找纬荣，要求帮助他们解决子女上学、招工、招干、参军和生活出路等问题，而纬荣他总是不厌其烦，热情接见，招待吃住，尽力帮助。不能解决的，则好言安慰，赠送路费，安排车舟，让他们高高兴兴地回家。

②严于教子。纬荣非常疼爱自己的3个子女，但对子女的要求十分严格，常常教导子女要爱党爱国爱人民，要大公无私，要先人后己，要刻苦学习，使自己学有所长，成为一个对国家有用

的人才。平时不准子女铺张浪费。1972年,他重新担任领导工作,但其3个子女:长子在工厂当工人,女儿高中毕业没有工作,小儿子上山下乡插队劳动。他们自然都希望父亲能够出面帮助调整一个较好的工作。但纬荣却对子女们说,"你们要靠自己的本事谋求出路"。3个子女从小受革命父母的影响,传承红色基因,发扬自力更生、艰苦奋斗精神,后来个个优秀,人人事业有成。长子张庄林,1970年参加生产建设兵团,先在漳平煤矿,后调永泰农械厂;1975年就读福州大学机械系,任校团委宣传部长,公开发表多篇文艺小说。1982年赴美国留学,获博士学位,在美国发展。女儿张方林,福建医科大学毕业,福建省知名妇产科主任医生,福州某妇产科医院首席专家。次子张光林,大学本科毕业,高级建筑工程师。

张纬荣的英年早逝,凡认识他的领导、战友、同事和群众,都感到难过,都为之惋惜。他们采取多种多样的形式悼念张纬荣同志。其中,名为谢圣智的平潭籍老战友写了一首悼念张纬荣的诗:

马列意志坚,坎坷直向前。
"四害"恶浪翻,忠良经风险。
真理永常在,功过有定论。
荟萃丰功绩,青史放光芒。

参 考 资 料

1．何友芬：《怀念纬荣》(《星火何厝里》，台江区委党史研究室，2015 年 8 月版)

2．张锡九：《无限深情忆纬荣》(《平潭党史资料》④，平潭县委党史研究室，1992 年 12 月版)

3．何可澎：《张纬荣传略》(《平潭党史资料》④，平潭县委党史研究室，1992 年 12 月版)

4．严子云：《坚持革命　几多苦难——记张纬荣同志》

(《星火何厝里》，台江区委党史研究室，2015 年 8 月版)

5．何友芬：《足迹》(《星火何厝里》，台江区委党史研究室，2015 年 8 月版)

6．何友芬：《狱中斗争的回忆》(《星火何厝里》，台江区委党史研究室，2015 年 8 月版)

7．何友芬：《东岭游击队配合解放军解放闽安马尾的情况回忆》(2019 年 4 月 1 日)

8．何友芬：《对往事的一些回忆》，2020 年 4 月。

9. 张庄林：《听妈妈讲那过去的事情》（《星火何厝里》，台江区委党史研究室，2015 年 8 月版）

10. 何可澎：《平潭的渔区土改》（《平潭党史资料》④，平潭县委党史研究室，1992 年 12 月版）

11. 刘维钧：《回忆在东岭地区的日子里》（《平潭党史资料》⑧，平潭县委党史研究室，2002 年 5 月版）

12. 池传錞主编：《中共闽浙赣区（省）委城工部组织史概要》（福建人民出版社 2008 年 4 月第 2 版）

13. 何可澎主编：《平潭革命史》（平潭县委党史研究室，1995 年 12 月版）

14. 《平潭县志》（方志出版社 2000 年 10 月版）

怀念父亲

张方林

"忆往昔峥嵘岁月浴血奋战，看今朝红色基因世代相传。"

这是 2019 年 5 月 14 日，福建省政协原主席、老地下党员游德馨同志在参加平潭各届纪念平潭人民游击支队解放平潭 70 周年活动时的题词。作为平潭人民游击支队政委张纬荣的女儿、平潭综合实验区革命史研究会会长，我应邀出席纪念大会，并在大会发言中回顾了这一"创造了闽浙赣游击斗争史上奇迹"的壮举。会上，还分发了平潭地下党早期领导人曾焕乾的传记文学《丹心照汗青——曾焕乾传》。会间，前辈们说起平潭游击队的艰辛战斗历程，说起父亲的不平凡过去，都建议出一部传书，将父亲的这一段历史留下，供后人学习继承。会后，我征求同为老地下党员、老游击队员的母亲意见。母亲沉默良久之后对我说："中华人民共和国的成立，太多人为之流血牺牲。今天，我们坐享先辈们用热血换来的幸福，我们需要感恩的太多。你父亲不忘救国救民初心，牢记献身党的事业使命，艰苦奋斗一生，不愧为一名优秀的共产党员，但比起那些为革命捐躯的先烈们，你父亲只是大革命洪流中的沧海一粟。有些历史，就让它过去吧。"一向奉行低调为人的母亲并不赞成为父亲出书。

近年来，已逾耄耋之年的平潭籍老作家冯秉瑞先生，响应习近平总书记"多向英雄模范人物学习，用实际行动把红色基因一代代传下去"的号召，恪守文气，笔耕不辍，为一个又一个平潭革命前辈树碑立传，出版了许多部缅怀先烈、崇尚英雄的书，这让我深受感动。他对我说的"平潭游击队是平潭近现代历史上最为重彩浓墨的一笔，它承载了平潭铁血儿女为中华崛起而奋斗的理想和信念，很值得后人景仰和传承"这段话，我感同身受。作为革命父亲的后人，我感觉为父亲出一部书留给后人是我的一份责任。同时，我也迫切希望通过出这部书进一步了解父亲的坎坷而精彩的一生。于是，我说服了母亲，并在她的支持和指导下，开始组织这部《剑胆琴心——张纬荣传》传记文学的撰写和出版。

父亲已经离开我们42年了。我记忆中的父亲，清癯儒雅，沉默寡言，行事低调。他是一位慈爱的父亲。他爱我们，他在内心深处对子女的深情，是通过无言的行为让我们感受到温馨的父爱。为了让我能够穿上一双崭新的解放鞋，他冒雨排队4个小时才买到。当我惊喜地接过盼望许久的解放鞋时，他脸上显露了十分满足的微笑。他也会在出差莆田、平潭的途中，利用乘客下车方便的时间，匆忙买些当地的土特产与我们分享。父亲曾毫不犹豫地拒绝我想去他担任厂长的闽清电瓷厂当工人的愿望，也体现他是一个坚守原则的共产党人。在战争的年代，他曾经率领一支300多人的平潭游击武装队伍，在那枪林弹雨的环境下，指挥员要有临战决断、叱咤风云的气魄，我想象中他的性格应该是豪迈而奔放的，但实际生活中的父亲，却是润物细无声的春雨。他的爱，是博大而深沉的，他对子女、对战友、对乡亲，甚至是对素不相识的陌生人，都是如此。

由于工作关系，父亲和我们总是聚少离多。他是党和国家的人，总是哪里需要哪里去。他的足迹踏遍八闽大地，平潭、福州、福安、屏南、莆田、永泰、闽清都曾经是他工作过的地方。他是平潭的儿男、海坛之骄子，他像爱母亲那样毕生投入了对家乡的满腔热情。平潭的战友、乡亲也把他当作知心的兄长，亲密的家人，情愿与他同甘共苦，只要听闻父亲回到福州家里，或者出差回平潭老家，平潭乡亲们便接踵而来，在父亲的小屋里彻夜促膝谈心。在父亲的眼中，这些在解放战争时期共同战斗、无私援助革命斗争的战友和乡亲就是自己的最亲的亲人。

在国家欠发达的年代，父亲的月工资100多元，算是比较高的；母亲也是中华人民共和国成立前参加革命的干部，工资也不低，我们家的经济状况在那个年代算是比较好的。然而，父亲的生活却极为俭朴，衣食简约到难以置信，几套穿了10多年补丁加补丁的褪色中山装都舍不得更换新衣。但是，对于部属、老乡、邻居遇到经济拮据、生活有困难时前来求助，父亲从不吝啬。中学时代，因父母下放，我独自留在福州上学，父亲每个月给我一元零花钱。但我舍不得花，一年多之后也积存了十来元。有个邻居，是我的中学同学，其家境十分困难，往往每到月底就无米下锅。这时，她总是要向我借几元钱渡过难关，到了下个月她父亲领到工资都能及时地还给我。几个月后，这件事被父亲知道了，他严肃地对我说："同学家里有困难，你应当帮助她，不应该把借给她的钱收回来。对你来说，只是少了些零花钱而已，对你的生活无碍；而对于她的家庭来说，却是救命钱，可以帮助他们度过最困难的日子。"通过这件小小的事情，我领会到父亲的博大爱民之心。他这种的爱也深深地影响了我的一生。

有一次，一位省检察院干部与我先生闲聊时说，他哥哥于中华人民共和国成立初在闽侯专署办公室工作，不幸患病长期不能上班，他们兄弟还小，哥哥工资又是一家生活的主要经济来源，在其哥哥患病期间，幸好得到专署办公室张秘书（张纬荣）的无微不至关怀照顾，给他们的家庭经济予以救助，使他们度过最困难的日子，一家人对张纬荣的感念至今不忘。那位检察院干部并不知道张纬荣是我先生的岳父，他是不经意间透露出父亲接济困境同事的事例。父亲为人乐善好施，他做过的好事不计其数。他救助贫困家庭也从不向家人谈起，在他的情怀里，不仅充满了对家人的爱，也深藏着对民众的爱。

父亲文采出众，政策领悟水平高。由于他博学多才，在那个年代，知识分子的领导干部还是比较紧缺的。为了能够发挥他的专长，福建省委宣传部老领导委派他到高校工作，任福建师范学院历史系党支部书记。后来，国家工业经济发展需要有文化懂业务的领导干部，他又听从组织安排到国有企业任职，负责国家三线重点企业闽清电瓷厂的生产管理工作。在战争年代，父亲是个优秀的指挥员；在国民党统治区，父亲是位出色的地下革命工作者和学生运动的组织者；中华人民共和国成立后，父亲从研究员、教员、秘书、支部书记到企业领导，种种岗位，样样工作，他都能胜任。父亲的人生虽然短暂，但他的经历却十分丰富。他多才多艺，文武双全，亦工亦农。无论在硝烟弥漫的战争环境，还是在和平时期的建设环境，他都刻苦磨炼自己，他一辈子都是在虚心学习中成长。他严于律己，宽以待人。在他战斗过的地方，在他任职过的单位，父亲都留下倍受爱戴的声誉，他走过的脚步留下了坚实的深深足迹。

父亲的一生坎坷而精彩，有着不平凡的阅历。他那一头白发无声地印证着那些风风雨雨的往事。他那睿智的目光，总是透出亲切慈祥的爱和对我们子女殷切的期望。在他有生之年，也是国家百废待兴之时，物资匮乏，交通不便，聚少离多，作为子女难以从情感交流上和物质生活条件方面给予他并不苛刻的满足，迄今一直是我们这些子女的遗憾。但是，我们在努力践行他老人家的期望，孝敬母亲，努力学习科学文化。恢复高考以后，我们姐弟第一批考上大学，像父亲一样，严于律己，宽以待人，虚心学习，钻研技术，为建设祖国奉献一切力量。父亲曾对我说过，"不为良相，当为良医"。我选择了父亲认可的"济世救民"的医学专业，潜心学术，并略有建树，撰写出版了在全国有影响的医学专著。父亲虽然离开我们而去，但他的睿智，他的宽容，潜移默化地引领着我们的成长。他是我们学习的楷模。我们三兄妹都是以父亲的言行为榜样，刻苦学习，积极进取，努力成为对国家、对社会、对人民有用的人才。

谨以此书敬献给亲爱的父亲和与他一起为中华人民共和国建立而浴血奋战过的战友们。

这部《剑胆琴心——张纬荣传》的撰写和出版得到了有关领导和朋友的大力支持和尽心帮助。年届九十高龄的福建省政协原主席游德馨同志两易其稿为本书题写书名。著名作家、辞赋家、书法家陈章汉先生在百忙之中为本书作长序。省老干局原副局长林子利，省作家协会顾问杨际岚，平潭文化名人赖民、詹立新等多位同志都对本书的出版给予无私的帮助。作者冯秉瑞先生为撰著本书查阅了大量的文献档案，坚持以翔实的历史资料为依据进行精心的文学创作，使这部《剑胆琴心——张纬荣传》成为史实性和可读性兼优的传记文学佳作。谨此，一并表示衷心的感谢！

2020 年 7 月 25 日于福州

（张方林，1955 年 3 月生，传主张纬荣女儿，主任医生，妇产科专家）

张纬荣年表

1923 年　　1 岁

9 月 14 日（农历八月初四日）出生于福建省平潭县潭城镇城关。

这一年，林中长、郑杰、吴兆英先后出生，后来，他们成为张纬荣的战友。

1930 年　　7 岁

9 月，入潭城中心小学读一年级。

这一年，3 月 14 日（农历二月十五日），何友芬在福州市何厝里出生，后来，她成为张纬荣的夫人。

1932 年　　9 岁

9 月，因病休学在家自学一年。

1933 年　　10 岁

9 月，回潭城中心小学插班 3 年级复学，学习成绩优异。

1936年　13岁

9月，在潭城中心小学读6年级时，受进步校长刘伯华传播马列主义和共产党主张的影响，萌生"救民报国"之志。

1937年　14岁

7月，潭城中心小学6年级毕业。

9月，升入平潭岚华初中。

1939年　16岁

7月，在岚华初中读完二年级后休学在家，发起组织"平潭五四青年会"，任学习股长，出版《岚声》刊物，宣传抗日救亡。

1943年　20岁

2月，考入宁德三都中学高中部。

1946年　23岁

2月，宁德三都中学高中毕业，考入福建学院，结识地下党领导人曾焕乾（平潭人），积极参加党的外围组织"平潭旅外同学奔涛学术研究会"的活动，并担任该会学术股长。

9月，经曾焕乾三次谈话培养、由洪通今介绍加入中国共产党。

1947 年　　24 岁

寒假期间，他回乡参加平潭进步青年组织"星期会会"的活动，利用会刊《海声报》，发表精悍文章，拼击时弊，为平潭知识界所颂扬。

3 月 25 日，省福中学生无辜被殴打抓捕，寒假结束回校的张纬荣挺身而出，参加领导这场福州学生的"三·二五"抗暴斗争，迫使省政府答应学生的全部要求，取得完全的胜利，受到地下省委和城工部领导的赞扬。

3 月底，奉命辍学为职业革命家，随曾焕乾上福清灵石山，任福长平工委委员兼学委书记。

5 月，国民党在福州大搜捕，他赴台湾为党筹集经费。

8 月，从台湾撤回，调入福州市委机关，负责领导福清、平潭两县和福州大中学校地下党工作。

1948 年　　25 岁

5 月，因"城工部事件"，张纬荣与福州市委书记孙道华失联。

7 月，改属闽古林罗连中心县委书记林白领导，林白任命他为平潭县委书记。

9 月，五县中心县委魁岐会议决定成立平潭游击队，任命张纬荣为政委。

1949 年　　26 岁

2 月，平潭游击队由于队伍扩大，升格为平潭人民游击支队，张纬荣任政委，但因"城工部事件"淡化党的色彩，对外称政治主任。

4 月，接受闽中党组织"限四月初十（阳历 5 月 7 日）内消灭林荫武装势力部分或全部"的命令，张纬荣和高飞、吴兆英、吴秉熙等支队领导决定解放平潭县城。

5 月 3 日，张纬荣潜入县城检查内线策应工作，归途中被捕，任敌软硬兼施，他岿然不屈。

5 月 5 日，平潭人民游击支队组织攻城，6 日凌晨，平潭县城解放，创造闽浙赣游击斗争史上奇迹，张纬荣获救。

6 月底，平潭人民游击支队主力奉命开赴福清、永泰、闽清一带参加内陆作战和剿匪；张纬荣也同时撤离平潭，留在长乐发动民工支前，迎接南下解放大军。

7 月 3 日，国民党第 73 军等残部窃据平潭。

9 月 16 日，张纬荣作为向导跟随中国人民解放军第 28 军再次解放平潭。

10 月，张纬荣任平潭县委办公室秘书兼政策研究员。

1951 年　　28 岁

张纬荣经过深入调查研究，为平潭县委撰写《为废除海上封建剥削制度，发展渔业生产而奋斗》的报告，其"报告摘要"被《人民日报》转载，成为当时全国渔区土改的指导性文件。

1952 年　　29 岁

8 月，调任闽侯专区行政干部学校教员。

9 月，同何友芬同志结婚。

10 月，调任闽侯专署办公室秘书。

1953 年　　30 岁

这一年，10 月 3 日，长子张庄林出生。

1955 年　　32 岁

这一年，3 月 27 日，女儿张方林出生。

1956 年　　33 岁

6 月，调任福安专署办公室负责人。

1957 年　34 岁

4 月，调任福建省委文教部办公室秘书。

这一年，5 月 23 日，次子张光林出生。

1958 年　35 岁

2 月，调任福建师范学院历史系党支部书记。

1959 年　36 岁

2 月，调任福建师范学院工会秘书。

7 月，调任闽侯专署办公室副主任。

1969 年　46 岁

5 月，参加支左部队举办的学习班，接受审查。

1970 年　47 岁

2 月，下放屏南县城关供销社当工作队。

1971 年　48 岁

上半年，改为下放莆田华亭公社当工作队。

下半年，调任永泰莆田地区留守处副主任。

1972 年　49 岁

7 月，调任莆田地区闽清电瓷厂厂长、党委副书记。

1978 年　55 岁

11 月 7 日，积劳成疾，病故于任上。